HARTSVILLES SEAL HELDEN

Die Scheinehefrau des SEALs

Das Überraschungsbaby des SEALs

Die plötzliche Familie des SEALs

Die Mitbewohnerin des SEALs

Die Behandlung des SEALs

Die Affäre des SEALs

Dies ist ein fiktives Werk. Namen, Charaktere, Orte und Handlungen sind entweder Produkt der Vorstellungskraft der Autorin oder werden fiktiv verwendet. Jegliche Ähnlichkeit mit realen Personen, ob lebend oder tot, Ereignissen und Orten ist rein zufällig.

Cover Design von *Mayhem Cover Creations*

RELAY PUBLISHING EDITION, MÄRZ 2021

www.relaypub.com

Das Überraschungsbaby des SEALs

HARTSVILLES SEAL-HELDEN: BUCH 2

USA TODAY BESTSELLER

LESLIE NORTH

KLAPPENTEXT

Der Navy SEAL Anderson Park und die Agentin Violet DiPaula konnten sich nicht ausstehen, aber das verhinderte nicht, dass die Funken zwischen ihnen flogen. Auf einer gemeinsamen Mission in Russland gaben sie schließlich ihrem glühenden Verlangen füreinander nach. Anderson ist immer gut gerüstet, aber nichts hätte ihn darauf vorbereiten können, mehr als ein Jahr später von einer Mission zurückzukehren und zu erfahren, dass Violet in jener einen leidenschaftlichen Nacht schwanger geworden ist. Anderson ist in den meisten Dingen gut, aber er weiß, dass er ein schlechter Vater sein wird. Doch jetzt sind Violet und sein fünf Monate alter Sohn in Gefahr und er kann sie nicht im Stich lassen. Sosehr Anderson auch weiß, dass er nicht für das Familienleben geeignet ist – er kann nichts dagegen tun, dass Violet und Nate seinen Beschützerinstinkt wecken. Und bevor er weiß, wie ihm geschieht, kann er sein Herz nicht mehr davon abhalten, Dinge zu fühlen, die er noch nie zuvor gefühlt hat …

Wenn Violet allein auf der Flucht wäre, würde sie zurechtkommen. Aber sie hat Nate und das ändert alles. Violet hat immer auf sich selbst aufgepasst und es fällt ihr nicht leicht, Anderson zu erlauben, ihr und ihrem Sohn zu helfen. Sie *braucht* keinen Mann, aber das sichere

Versteck ist ihr Untergang. Dort wirkt einfach alles so gemütlich und morgens, mittags, abends und nachts einen sexy SEAL bei sich zu haben ist nicht das Schlimmste, was ihr jemals passiert ist. Egal, wie oft Violet sich daran erinnert, dass sie nichts von Anderson braucht – als die Gefahr eskaliert und sie sich immer mehr aufeinander verlassen müssen, verliebt sie sich heftig in ihn. Sie können vielleicht ihr Leben vor der russischen Mafia retten, aber kann auch ihre Liebe überleben?

INHALT

KAPITEL EINS

„Was?“, fragte Anderson und versuchte zu verhindern, dass ihm der Mund offen stehen blieb. Er musste sie falsch verstanden haben. Vielleicht beeinträchtigte das Rauschen der Brise in den Blättern sein Gehör. Hatte sie gerade verkündet, dass das Baby in ihren Armen von ihm war?

„Du hast einen Sohn“, wiederholte Violet und strich mit einer Hand über die Haare des Jungen. „Sein Name ist Nate.“

„Nate.“ Anderson sagte das Wort langsam und wartete darauf, dass sein Gehirn Violets Neuigkeiten verarbeitete.

„Nathan Anderson DiPaula“, sagte sie. Das war ihr Nachname. Instinktiv wollte er ihr in diesem Punkt widersprechen. Wenn das sein Kind war, sollte der Junge Nathan Park heißen.

Nein. Moment.

„Er kann nicht von mir sein. Ich habe niemals …“ Niemals was? Ohne Verhütung Sex gehabt? Nach Andersons Meinung tat das kein SEAL, der etwas auf sich hielt. Er hatte keinen ungeschützten Sex – nie. Aber als er den Jungen mit seinen dunklen Haaren und Augen betrachtete, kam er ins Grübeln. War es möglich?

„Können wir ins Haus kommen?“, fragte Violet und warf einen Blick hinter sich. „Ich möchte nicht über … bestimmte Dinge sprechen, während ich auf deiner Veranda stehe.“

„Ja … sicher“, murmelte Anderson und trat beiseite, um sie – und das Baby – vorbeizulassen. Er hatte ein wenig Zeit für sich genossen und sich von seiner letzten Mission erholt, als Violet unerwartet an seine Tür geklopft hatte. Er ging vor ihr ins Wohnzimmer und deutete auf die Couch, auf der er geschlafen hatte. Jedes Gefühl von Frieden oder Entspannung, das er gefunden hatte, war verschwunden, sobald er sie gesehen hatte.

Sie hatten sich vor vierzehn Monaten in Deutschland auf dem Luftwaffenstützpunkt Ramstein getrennt, nach einer Notevakuierung von dem Auftrag, den sie gemeinsam in Moskau ausgeführt hatten. Wenn er seitdem an sie gedacht hatte, dann mit einem Gefühl der Gereiztheit. Alles an ihr ging ihm unter die Haut. Ihre Furchtlosigkeit, ihre kühle Intelligenz, ihr sexy Körper.

Das Baby hatte nicht viel daran verändert. Ihre schmal geschnittene Jeans und ihr rosa Tanktop zeigten die Kurven, denen er in der letzten Nacht in Russland nicht hatte widerstehen können. Eine schicksalhafte Nacht, wenn sie die Wahrheit sagte und das Kind von ihm war. Er konzentrierte sich auf den Jungen. Er hatte feines dunkles Haar, das über seine hohe Stirn fiel, und Augen, die dunkler waren als die seiner Mutter. In Violets Augen schien immer eine Art inneres Licht zu leuchten.

Das Baby streckte seine molligen Hände aus und zog an Violets kastanienbraunen Haaren.

„Das haben wir doch schon besprochen, kleiner Mann. Nicht an Mamas Haaren ziehen“, sagte sie, während sie Nate anlächelte und sanft die

Locken aus seiner Faust entfernte. „Lass mich dir ein Spielzeug suchen.“ Mit einer Hand kramte sie in der Tasche herum, die sie zu ihren Füßen fallen gelassen hatte. „Wie wäre es damit?“ Sie bot dem Jungen ein Buch aus Stoff an.

„Mag er das?“, fragte Anderson, als er seine Stimme wiederfand.

„Es ist ein Favorit von ihm. Ich denke, er wird einmal ziemlich klug sein.“

„Wie seine Mutter“, sagte er. Sie war einer der klügsten Menschen, die er kannte. Er hatte sie nicht immer gemocht, aber er hatte ihre Fähigkeiten respektiert, Daten zu analysieren und Projektionen zu erstellen. Er war auch gut darin, aber ihre Fähigkeiten übertrafen seine bei Weitem.

„Und sein Daddy“, fügte sie hinzu und warf ihm einen Blick zu.

Andersons Stipendium war hart erarbeitet gewesen, nachdem er mit Nichts angefangen hatte. Er hatte seine bescheidene Herkunft überwunden und mehr erreicht, als irgendjemand von ihm erwartet hatte, aber verdammt, bedeutete ein ungeplantes Kind, dass er wie seine Eltern geworden war? Er musste sich erst an den Gedanken gewöhnen, ein Baby zu haben.

„Wie ist das passiert?“, platzte er heraus.

„Auf die übliche Art, Anderson. Wir hatten Sex.“ Sie warf ihm einen herausfordernden Blick zu, der sagte: *Los, versuche, es zu leugnen.* „Muss ich dir erklären, wie Biologie funktioniert?“

„Diesen Teil verstehe ich, aber ich weiß auch, dass ich ein Kondom benutzt habe.“ Er war niemand, der Risiken einging. Nie. Nicht einmal damals, als er ein hormongesteuerter Sechzehnjähriger gewesen war – und schon gar nicht vor einem guten Jahr.

Sie hob ihre Schultern ein paar Zentimeter. „Laut den von mir konsultierten Quellen sind Kondome bei korrekter Anwendung zu achtundneunzig Prozent effektiv. Das bedeutet, in zwei von hundert Fällen geht es schief."

„Danke, ich kann rechnen", sagte Anderson und bemühte sich, die Schärfe aus seiner Stimme herauszuhalten. „Wie alt ist er?"

„Fünf Monate. Ich habe erst vor ein paar Tagen die Bestätigung erhalten, dass du wieder in den USA bist", fügte sie hinzu, als wollte sie seine nächste Frage vorwegnehmen.

„Okay." Anderson konnte nicht aufhören, das Kind anzustarren. Er suchte nach Ähnlichkeiten zu sich in der Art, wie das Baby seinen Mund öffnete und lachte, als es die Seiten in dem Buch umblätterte.

„Soweit ich herausfinden konnte, warst du auf einem langen Auslandseinsatz", fuhr sie fort.

„Du hast also nachgesehen?" Mit ihrem Sicherheitslevel und ihren Verbindungen in die Geheimdienstwelt hätte sie erfahren können, dass er auf einem Einsatz in Übersee war. Sie hätte vielleicht sogar erfahren können, wo er gewesen war, aber sie hatte keine Anstalten gemacht, ihn zu kontaktieren. Zumindest nicht, soweit er wusste.

„Das habe ich", gab sie zu, als sie den Jungen auf den Boden herunterließ, damit er an ihre Beine gelehnt sitzen konnte. Dabei schien er das schon ziemlich gut allein zu können. *Vielleicht ist der kleine Kerl anderen Kindern in der Entwicklung voraus*, dachte Anderson, aber dann steckte sich der Junge das halbe Stoffbuch in den Mund. *Wohl doch nicht.*

„Also hast du darauf gewartet, dass ich Urlaub habe, um diese Bombe fallen zu lassen", sagte er und sah zu, wie sie dem Baby ein paar Plastikschlüssel im Austausch gegen das durchnässte Buch anbot. Sie neigte ihr Gesicht zu Anderson, bevor sie sprach.

„Ich habe gewartet, weil ich nicht sicher war, ob ich es dir überhaupt sagen würde." Ihre Augen, die ihr eigenes Licht zu haben schienen, starrten in seine. „Ich brauche dich nicht. Ich kann ihn allein großziehen und ihm alles geben, was ein Kind benötigt."

„Außer einem Vater", sagte er und war sich der Ironie seiner Worte voll bewusst. Sein Vater war ein Gauner und Möchtegern-Betrüger gewesen. Nicht gerade ein Kandidat für den Vater des Jahres. Andersons Großvater war nicht besser gewesen. Vaterschaft war einfach nicht in seinen Genen.

„Ich bin ohne einen aufgewachsen", gab Violet zurück. „Es hat mich nie beeinträchtigt."

Das stimmte. Sie war noch nie von irgendetwas gebremst worden. Zumindest nicht, soweit er gesehen hatte. Aber ein Kind allein großzuziehen musste hart sein.

Bedeutete das, dass er daran beteiligt sein wollte? Zur Hölle, er kannte die Antwort darauf nicht.

„Warum bist du dann an meiner Tür aufgetaucht?", fragte er und versuchte, ihre Motive zu verstehen.

„Ich habe beschlossen, dass du ein Recht darauf hast, es zu wissen", sagte sie und berührte den Kopf des Jungen. „Und er ist so süß. Ich könnte nicht mit mir selbst leben, wenn du nicht die Gelegenheit hättest, es zu erleben." Sie räusperte sich und er spürte, dass es etwas gab, das sie ihm verschwieg. „Deshalb bin ich hier."

Er glaubte ihr, aber etwas stimmte nicht. Er ließ eine Minute schweigend verstreichen, während er ihre Worte analysierte. Dann sagte er: „Du hättest wissen müssen, dass du schwanger warst, bevor ich auf meine letzte Mission geschickt wurde."

„Das ist richtig. Ich denke, ich sollte das etwas genauer erklären", sagte sie. „Meine Periode war noch nie regelmäßig. Verstehst du, was ich meine?" Er nickte schnell, weil er sich nicht auf eine Diskussion über Frauenthemen einlassen wollte. „Also war ich schon im fünften Monat schwanger, als ich es mir schließlich eingestand. Als meine Kleidung nicht mehr passte, konnte ich die Realität nicht mehr leugnen, also machte ich einen Test und ging zum Arzt."

„War dir nicht übel?" Wussten Frauen diese Dinge nicht? Es gab Anzeichen, jedenfalls hatte er das immer gehört.

„Keinen einzigen Tag. Und ich war auch nicht müde wie so viele andere Frauen. Es war eine leichte Schwangerschaft." Sie nahm das Baby wieder auf ihren Schoß. „Wie auch immer, als ich mich damit abgefunden hatte, warst du schon abgereist – und ich dachte, dass das vielleicht besser so war, weil wir nicht …" Ihr Mund presste sich zu einer schmalen Linie zusammen.

„… miteinander zurechtkommen", beendete er ihren Satz. Sowohl ihre berufliche als auch ihre private Beziehung war von Spannungen geprägt gewesen, teilweise sexueller Art, aber hauptsächlich war die Ursache dafür der Zusammenprall zweier willensstarker Persönlichkeiten gewesen.

„Ja." Sie schluckte schwer und zeigte zu seiner Überraschung ihre Nervosität. „Aber ich bin jetzt hier, um dir die Wahl zu lassen. Dein Sohn kann Teil deines Lebens sein oder nicht. Wenn du entscheidest, dass du nichts mit ihm zu tun haben willst, werde ich dich nie wieder belästigen."

Anderson wollte sagen *Falls er von mir ist*, aber er hielt sich zurück. Er hatte keinen Grund, an ihrer Behauptung zu zweifeln, und der Zeitrahmen passte. Der Junge … Nate … war von ihm. Wollte Anderson Vater werden? Er hatte es nie geplant. Aber er war niemand, der sich seiner Verantwortung entzog. Trotzdem war es eine verdammt große Entscheidung, die er nun aus heiterem Himmel treffen sollte.

Er hatte genug nachlässiges und verantwortungsloses Verhalten bei seinen eigenen Eltern gesehen, um zu wissen, dass er ihnen nicht nacheifern wollte. Aber konnte er das schaffen? Konnte er Vater sein? Und was würde das für ihn und Violet bedeuten? Er sah eine Zukunft voller Streitereien vor sich, und so wollte er nicht leben.

Aber er hatte ein Kind gezeugt, also würde er Unterhalt zahlen. Die Navy würde ihm helfen, das zu arrangieren. Aber abgesehen vom Geld wusste er nicht weiter. Seine Gedanken rasten und weigerten sich, in eine Richtung zu gehen, die Sinn ergab.

„Verstanden. Alles klar“, sagte Violet und erhob sich. Offenbar deutete sie sein Schweigen als Ablehnung. Sie warf ihre Tasche über ihre Schulter und drückte Nate eng an ihren Körper.

Anderson hatte sie schon in verführerischen Nachtclub-Outfits und in Business-Kleidung gesehen, aber sie hatte noch nie schöner ausgesehen als in diesem Moment. Sie war lässig gekleidet und ihre Haare waren zerzaust, aber ihr Gesicht, ihr Körper und ihre Haltung hatten auf ihn die gleiche Wirkung wie immer.

Und er wusste, dass er nicht wollte, dass sie oder sein Sohn aus seiner Tür gingen. Nicht, bevor er die Gelegenheit gehabt hatte, über alles nachzudenken.

„Warte“, sagte er. Er sprang auf und stellte sich vor sie. „Du musst mir mehr Zeit geben …“

Das Geräusch von Schüssen aus einer automatischen Waffe erfüllte plötzlich die Luft. Instinktiv legte Anderson seine Arme um Violet und Nate riss sie mit sich zu Boden. Alles in ihm schrie, dass es seine oberste Priorität war, sie zu beschützen. Er landete auf dem Rücken, fing die Hauptlast des Aufpralls ab und rollte sich dann über sie, um seinen Körper als Schutzschild einzusetzen.

Der Kugelhagel endete und wurde durch das Heulen eines Autoalarms auf der Straße ersetzt. Er entspannte sich und überprüfte seine Umgebung.

„Ist er …?“ Zum ersten Mal berührte Anderson seinen Sohn. Es war flüchtig, einfach nur seine Hand auf der Wange des Jungen, aber die Erfahrung war weich, warm und fesselnd.

„Ihm geht es gut“, sagte Violet mit bebender Stimme. „Was ist passiert?“

„Ich bin nicht sicher. Bleib unten“, sagte er, als er sich in die Hocke erhob und zum Fenster kroch. Er blickte durch die Scheibe und sah, dass der Sedan, in dem Violet zu ihm gefahren sein musste, mit Einschusslöchern übersät war. Ein Stein wurde zum Haus geworfen, als ein schwarzer SUV die Straße entlang raste, und traf fast Andersons Briefkasten. Er nahm sich noch einen Moment Zeit, um seinen Blick über die Umgebung schweifen zu lassen, bevor er aufstand. Als er es tat, stieß er mit Violet zusammen. Warum war sie zu ihm ans Fenster gekommen? Er hätte wissen müssen, dass sie nicht stillhalten würde – aber das Kind …

Anderson drehte sich um. Nate lag rücklings auf dem Teppich, bewegte seine Arme und Beine und plapperte völlig unbeeindruckt von allem, was geschah, vor sich hin.

„Da ist eine Nachricht“, sagte Violet und zeigte durch das Fenster auf die Stelle, wo der Stein auf seiner Veranda gelandet war.

„Ich hole sie.“ Er machte sich nicht die Mühe, ihr zu sagen, dass sie im Haus bleiben sollte. Damit würde er nur seinen Atem verschwenden.

Anderson trat auf die Veranda und griff nach der Nachricht. Sobald er wieder im Haus war, faltete er sie auseinander und überflog die Worte. Violet beugte sich vor, um mehr zu sehen, und ihre Haare strichen über seinen Arm.

„Mein Gott“, murmelte sie auf Russisch, der Sprache, in der die Nachricht verfasst war.

Seine Sprachkenntnisse waren mit ihren vergleichbar und er hatte keine Probleme, die Drohung zu verstehen.

Nächstes Mal sind Sie im Auto.

„Ich hätte nicht gedacht …“ Sie ging zurück zur Couch, hob Nate hoch und setzte sich schwerfällig.

Was hatte sie nicht gedacht? Violet wirkte erschüttert … aber nicht überrascht. Was war hier los? Er musterte sie. Ihr Gesicht war über den Kopf des Babys gebeugt und ihr Körper schien in sich zusammengesunken zu sein. Er musste die Mauern durchbrechen, die sie um sich herum errichtete, und sie zum Reden bringen.

„Gib ihn mir“, sagte Anderson. Er ging auf sie zu und griff nach seinem Sohn. Bei seiner Aufforderung regte sie sich.

Violet blickte auf und ihre Augen waren eine Sekunde lang unfokussiert, bevor sie ihm Nate reichte. Anderson fühlte sich kurze Zeit unwohl, als er versuchte nachzuahmen, wie sie das Baby gehalten hatte, aber er fand bald heraus, wie er Nate am besten an seine Brust lehnte. Er ging auf und ab und behielt die Straße vor sich im Auge, aber er rechnete nicht damit, dass die Angreifer so bald, nachdem sie ihre Nachricht überbracht hatten, zurückkehren würden. „Sag mir, was du weißt“, verlangte er. „Lass nichts aus.“

„Vor zwei Monaten gab es einen unerlaubten Zugriff auf unsere Daten“, begann sie nach einem kaum merklichen Moment des Zögerns, „nicht lange, nachdem ich aus meinem Mutterschaftsurlaub zur Arbeit zurückgekehrt war.“ Ihr Job bei einer Regierungsbehörde war nichts, was sie mit den meisten Menschen besprechen konnte, aber er wusste bereits davon. Er war ihr Beschützer – oder besser gesagt ihr glorifizierter Babysitter – gewesen, während sie in Moskau im Einsatz gewesen war.

„Das Datenleck hatte mit den Informationen zu tun, die du in Russland gesammelt hast“, vermutete er.

Sie nickte. „Dabei sind Informationen über die Überwachungsaktion, die Analyse und darüber, wer sie durchgeführt hat, nach außen gedrungen.“

„Und deine Vorgesetzten haben nicht reagiert?“ Das überraschte ihn. Normalerweise schützten sie ihre Agenten und sie betrachteten Violet als eine von ihnen.

„Der Vorfall wurde als geringfügig mit minimaler Exposition eingestuft, aber …“

„Aber was?“, fragte er und hielt seine Stimme gesenkt. Nate schien zu dösen und kuschelte sich an ihn und er wollte den Jungen nicht erschrecken.

„Bei mir gab es seitdem ein paar seltsame Zwischenfälle“, sagte sie und ihre Finger zerrten an dem Saum ihres Shirts. „Kleine Dinge. Jemand ist zu nah auf mein Auto aufgefahren und hat mich verfolgt. Und vor meiner Haustür stand ein unerwartetes Paket.“

„Was war darin?“ Anderson hörte auf, hin und her zu gehen.

„Russische Matrjoschkas.“ Sie lächelte ihn schief an. „Zweifellos eine Warnung. Ich denke, jemand spielt mit mir, aber ich weiß nicht, warum.“

Das von Kugeln durchlöcherte Autowrack auf der Straße war weit mehr als eine Warnung. Glücklicherweise wohnte er an einer Landstraße außerhalb der Stadt und hatte keine unmittelbaren Nachbarn. Niemand würde in Panik geraten und die Polizei rufen. Zumindest jetzt noch nicht. Er hatte Zeit, um darüber nachzudenken, was er erfahren hatte, und ihm gefiel nichts davon.

„Wir müssen weg von hier“, sagte er, nachdem er eine Minute lang die beste Vorgehensweise analysiert hatte.

„Was? Jetzt?“ Sie stand auf, als ihr Körper auf seinen Vorschlag reagierte.

„Ja", sagte er, „es sei denn, du willst warten, bis sie zurückkommen." Sie war zu klug, um das nicht selbst zu erkennen.

Sie warf einen Blick aus dem Fenster. „Ich sollte den Vorfall meinen Vorgesetzten melden."

„Hast du die anderen Vorfälle gemeldet?", fragte er.

„Natürlich." Sie griff in ihre Tasche und zog ihr Handy heraus.

„Und was haben sie unternommen?", fragte er, bevor sie wählen konnte.

„Nichts. Was mich nicht wirklich überrascht hat – wer weiß … sie haben möglicherweise mehr Informationen als ich." Ihre Finger hielten über den Tasten inne. Da ihr Fachgebiet die Risikoanalyse war, fand er es sonderbar, dass jemand an ihrer Einschätzung gezweifelt hatte. „Die Bedrohung schien von einer geringfügigen Quelle mit minimaler Exposition auszugehen, genau wie der ursprüngliche Datendiebstahl. Ich habe trotzdem die üblichen Protokolle für eine größere Bedrohung befolgt."

Wie viel komplizierter war das mit einem Kind, um das man sich kümmern musste? Anderson wollte nicht darüber nachdenken. Das würde er später tun, wenn sie an einem sicheren Ort waren.

„Mein Auto ist in der Garage", sagte er und war bereit, in Aktion zu treten. „Lass uns gehen."

„Warte. Ich kann nicht mit einem Baby auf die Flucht gehen. Alles, was ich für ihn habe, ist in dieser Tasche. Lass mich nach Hause fahren und …"

Er schnitt ihr das Wort ab. „Nein. In deinem Haus ist es nicht sicher." Er wusste, dass er damit recht hatte, aber mit einem Baby – seinem Sohn – vor einer Bedrohung zu fliehen, war nicht, wie er seinen ersten Tag als Vater verbringen wollte.

„Ich …“ Sie zögerte nur ein paar Sekunden. Er konnte sehen, wie sie die Situation abwägte und Risiken und Optionen kalkulierte. „In Ordnung. Du hast recht.“ Sie griff nach der Tasche und nahm Nate von Anderson zurück. „Hast du einen Kindersitz?“

„Was?“ Nun war es an ihm, überrascht zu sein.

„Kinder müssen aus Sicherheitsgründen beim Autofahren einen Kindersitz benutzen“, erklärte sie. „Wir müssen ihn aus meinem Auto holen, wenn er nicht beschädigt ist.“

Er wollte argumentieren, dass ihre Situation von Natur aus unsicher war, aber die Muskeln an ihrem Kiefer waren trotzig angespannt und er erinnerte sich allzu gut daran, was das bedeutete. „Ich hole ihn. Du kannst durch die Küche zur Garage gehen.“

Er wies ihr den Weg, bevor er Jacken aus seinem Flurschrank zog und sie in eine Reisetasche stopfte, die stets gepackt bereitstand. Eine Minute später riss er die Tür des von Kugeln durchlöcherten Autos auf, um den Kindersitz zu holen. Er hatte keine Ahnung, wie er damit umgehen sollte, aber er schaffte es, das Ding herauszunehmen und in die Garage zu tragen.

„Lass mich“, sagte sie, nahm den Kindersitz und befestigte ihn schnell, während er Nate hielt. Er sah zu, wie sie mit dem Finger über eine Kerbe im Plastik fuhr, die eine Kugel hinterlassen hatte. „Gut, dass er nicht …“ Sie musste den Satz nicht beenden.

„Wir müssen uns in Bewegung setzen“, sagte Anderson, um sie anzutreiben. Dreißig Sekunden später lenkte er den Wagen rückwärts aus seiner Garage und fuhr dann in die entgegengesetzte Richtung des längst verschwundenen schwarzen SUV. Er wollte demjenigen, der am Steuer gesessen hatte, nicht begegnen, solange er mit Violet und Nate im Auto saß.

Das Problem war, dass er keine Ahnung hatte, wo zum Teufel sie hinsollten.

KAPITEL ZWEI

Vierzehn Monate vorher

Technomusik dröhnte laut durch den Club, der in Neonfarben gehalten und mit viel Glas ausgestattet war, als Anderson seinen Blick über die Umgebung schweifen ließ. Violets Plan war einfach: Sie sahen aus wie ein verliebtes Paar, das abends zusammen ausging, während sie tatsächlich Fotos von einem Gangster machten, der den Club besuchte. Anderson war froh, aus der Wohnung heraus zu sein, die er zur Aufrechterhaltung ihrer Maskerade mit Violet teilte. Er hasste es, eingesperrt und untätig zu sein. Violet beim Analysieren von Daten zuzusehen reichte ihm einfach nicht.

Sie gingen auf die Tanzfläche, sobald sie den Club betreten hatten. Es fiel Anderson nicht schwer, mit Violet zu tanzen. Sie waren in den letzten Wochen, die sie in Moskau zusammenarbeiteten, ständig umeinander herumgetanzt. Und sie waren aneinandergeraten und hatten um die Kontrolle gekämpft. Es war fast eine sexuelle Erlösung, ihr so nah zu sein, dass seine Hüften an ihre stießen.

Er hielt sein Handy umklammert, während sie sich zu der Musik bewegten, und gab vor, sie beim Tanzen zu fotografieren. Sie war ein unvergessliches Motiv in dem knappen Kleid, das ihr Dekolleté zeigte und zwei Zentimeter unter ihrem Hintern endete. Er hielt einen Finger hoch, um anzuzeigen, dass er noch eine Aufnahme machen wollte. Jeder, der sie beobachtete, würde es so interpretieren, dass er sie bat, für ihn zu posieren. Sie folgte seiner Aufforderung, verzog ihre roten Lippen zu einem Schmollmund und strich mit ihren Händen verführerisch über ihren Körper.

Er sah, wie sich ihre Augen für den Bruchteil einer Sekunde weiteten, bevor ihr sinnlicher Gesichtsausdruck zurückkehrte. Sie trat näher zu ihm und ihre Finger fuhren durch seine Haare, als sie sich vorbeugte.

„Wir haben ein Problem“, flüsterte sie und knabberte an seinem Ohrläppchen, um ihre Deckung zu wahren. „Tanze mit mir.“ Sie änderte ihre Position, während sie sich an seinem Körper festklammerte, und geriet dabei nicht einmal aus dem Takt.

Er warf einen Blick auf die Empore des Clubs, wo Männer mit Waffen ausschwärmten, während ihre Augen die überfüllte Tanzfläche absuchten. „Unsere Tarnung ist aufgeflogen“, sagte er an Violets Hals. Seine Lippen wanderten über ihre weiche Haut. „Sie suchen uns. Aber Volkhov ist auch da oben.“

„Großer Kerl, Halbglatze, Muttermal unter dem linken Auge?“, fragte sie mit kühler Stimme.

„Das ist er.“ Ihre Zielperson, die in der Welt der organisierten Kriminalität als ‚der Wolf‘ bekannt war, spähte über das Geländer. Volkhov befehligte eine Söldnereinheit von Schlägern, die von den führenden Unterweltorganisationen zu ihrem Schutz eingesetzt wurden, und war bekanntermaßen schwer zu fotografieren. Alles, was sie von ihm brauchten, war die Verifizierung seiner Identität. Ihn festzunageln würde internationale Gewaltverbrechen verhindern und die Ausweitung der Macht der russischen Mafia verlangsamen.

Drei Tage zuvor hatte Anderson ein Treffen mit Volkhov absolviert und sich als potenzieller Kunde für seine Söldnerdienste ausgegeben. Die Art und Weise, wie die bewaffneten Männer die Menge durchsuchten, deutete darauf hin, dass Volkhov herausgefunden hatte, dass Anderson ihn beobachtete. Da Volkhov ein misstrauischer Mann mit einem Netzwerk von Informanten war, wusste er wahrscheinlich auch über Violet Bescheid. Sie brauchten einen Fluchtplan, aber nicht, bevor Anderson das Foto bekam, das er wollte.

Anderson nahm mit seinem Handy ein Bild von Volkhov auf. Dann legte er seinen Kopf wieder an Violets Schulter, um sein Gesicht zu verbergen. „Spring hoch und lass mich dich tragen“, sagte er. Sie tat, was er verlangte, und schlang ihre Arme und Beine fest um ihn. Seine Hände umfassten ihren Hintern und hielten sie fest.

„Okay“, sagte sie, als er ihren Hals wieder küsste. „Halte deinen Kopf gesenkt. Ich kann den Ausgang sehen.“

Während sie weiterhin so taten, als wären sie ein verliebtes Paar, flüsterte sie ihm Anweisungen ins Ohr und bewegte sich mit ihm über die Tanzfläche. Er vertraute darauf, dass ihr schnelles, analytisches Gehirn die richtigen Entscheidungen traf, und zögerte nicht, ihren Befehlen zu folgen.

„Wir sind fast da“, hauchte sie mit ihrem Mund an seiner Schläfe. „Noch zwei Schritte nach rechts, dann sind wir direkt am Notausgang. Hier wird es gleich hässlich.“

„Stopp“, schrie eine Stimme auf Russisch und dann auf Englisch laut genug, um über den hämmernden Bass der Musik gehört zu werden. Anderson stieß die Stahltür auf und sprang mit Violet in eine Gasse. Keine Sekunde zu früh. Das Geräusch von Schüssen und die Echos von Schreien drangen aus dem Club, aber Anderson rannte bereits los, während er immer noch Violet trug, weil er nicht lange genug langsamer werden wollte, um sie abzusetzen. Den Block hinunter stand ein Motorrad mit laufendem Motor am Straßenrand. Der Fahrer war ein paar Schritte entfernt und überreichte einer Frau im Eingangsbereich eines Wohnhauses gerade eine Lieferung.

„Motorrad“, sagte Anderson, als sie sich näherten, und ließ Violet seinen Körper hinunterrutschen, bis ihre Füße auf dem Bürgersteig waren. Trotz der gefährlichen Situation durchlief ihn bei der Reibung ein Kribbeln – aber sie mussten in Bewegung bleiben. Er schwang ein Bein über das Motorrad und sie stieg hinter ihm auf.

„Los“, schrie sie, als der Lieferant schreiend auf sie zukam. Ihre Arme schlossen sich um Anderson und ihr Körper drückte sich an seinen.

Er beschleunigte und sie rasten der Gefahr im Club davon. Da ihre Tarnung aufgeflogen war, konnte er nicht riskieren, in ihre Wohnung zurückzukehren, also fuhr er zu einem nahegelegenen Versteck. Er schlängelte sich durch das komplexe Labyrinth der Straßen Moskaus, verlangsamte das Tempo, als klar wurde, dass sie keine unmittelbaren Verfolger hatten – weder die Gangster noch der rechtmäßige Fahrer des Motorrads waren zu sehen –, und navigierte vorsichtig durch ein ruhiges Wohngebiet, um keine Aufmerksamkeit zu erregen, als sie sich dem sicheren Haus näherten und in die Tiefgarage fuhren.

Sie sprachen nicht, als der Aufzug sie in den fünften Stock brachte und er den Sicherheitscode eingab, den er sich vor dieser Mission eingeprägt hatte. Die Tür öffnete sich und er zog Violet hinein, bevor er das Schloss sicherte und die Alarmanlage wieder aktivierte.

„Hast du es?“, fragte sie. Es waren ihre ersten Worte, seit sie entkommen waren.

„Darauf kannst du wetten“, antwortete er. Er zog sein Handy aus der Tasche und zeigte ihr Volkhovs Foto. Sein Gesicht war groß und deutlich auf dem Bildschirm zu sehen. Ein zweites Foto zeigte ihn dabei, wie er neben einem bekannten Mafia-Boss durch den Club ging.

„Fantastisch.“ Sie lächelte und Andersons Herzfrequenz stieg. Er hätte besser über seinen nächsten Schritt nachdenken sollen, aber sein Körper war immer noch voller Adrenalin. Er riss sie an sich, um sich einen Siegeskuss zu holen.

Ihr Mund öffnete sich für ihn und er stieß seine Zunge hinein, bevor er sie gegen die Wand drückte, mit seinen Händen ihren Körper erkundete und seine Hüften gegen ihre presste. Sofort wusste er, dass er es nicht bei einem Kuss belassen wollte. Die Wochen sexueller Frustration hatten seine Begierde befeuert und er konnte nicht genug von ihr bekommen. Die Anziehungskraft zwischen ihnen hatte zeitweise fast Funken gesprüht, aber sie waren beide davor zurückgeschreckt, darauf zu reagieren. Bis jetzt. Sie riss sein Hemd aus seiner Hose und ließ ihre Hände darunter gleiten. Gierige Finger wanderten über seinen Bauch und rieben über seine Brustwarzen. Sie machte ihn wild und das Einzige, was er fühlen konnte, war Verlangen.

„Ich will dich", sagte er, ohne sich darum zu kümmern, dass ihre Beziehung rein professionell sein sollte – oder dass sie sich nicht einmal mochten.

„Zumindest eine Sache, über die wir uns einig sind." Ihre Hände wanderten nach unten und umfassten durch seine Hose seine Erektion. Unwillkürlich stöhnte er.

Bevor sie noch mehr tun konnte, zog er ihr Kleid nach oben und zerrte es über ihren Kopf, als sie ihre Arme hob. Darunter trug sie nur einen Spitzentanga. Er holte tief Luft. Himmel, sie war wunderschön, sogar noch schöner, als er gedacht hatte. Er streichelte ihre Brüste, bevor er eine Brustwarze in seinen Mund nahm.

„Oh Gott, das ist so gut", murmelte sie und wölbte sich ihm entgegen, als er saugte. Ihre Körper rieben sich aneinander, während ihre Hände ihn weiter erforschten und über seinen Rücken zu seinem Hintern strichen. Als sie sein Portemonnaie aus seiner Hosentasche zog, hob er den Kopf, um ihrem Blick zu begegnen. Sie schenkte ihm ein sinnliches Lächeln. „Hier drin ist ein Kondom, nicht wahr?"

„Richtig geraten", sagte er und richtete seine Aufmerksamkeit auf ihre andere Brust, während seine Finger über ihre Seiten strichen.

„Ich rate nicht. Ich stelle basierend auf Beweisen Vermutungen", sie schnappte nach Luft, als er ihren Hintern drückte, „und Beobachtungen an. Meine Einschätzung von dir ist, dass du jemand bist, der Kondome im Portemonnaie hat. Stört es dich, wenn ich eines herausnehme?"

„Nur zu." Eine Sekunde später hörte er, wie sein Portemonnaie hinter ihm auf den Boden fiel, und nahm ihr das Kondom ab. Er zog sein Hemd aus, während sie seine Hose öffnete. Mit einer Bewegung hakte sie ihre Finger gleichzeitig in den Bund seiner Hose und seiner Boxershorts und zerrte sie nach unten, sodass er sie ausziehen konnte. Jetzt war nur noch ein Hauch von Stoff zwischen ihnen. Er küsste ihre Lippen und streichelte mit seiner Zunge ihre Zunge, bevor er seinen Mund an ihren Hals brachte und an der Haut dort knabberte. Dann zog er eine Spur von Küssen durch das Tal zwischen ihren Brüsten und über ihren Nabel bis zu dem Spitzentanga.

Ihre Hände sanken in seine Haare, als seine Zunge über den hauchdünnen Stoff wirbelte.

„Ziehe mich aus", seufzte sie, aber anstatt auf ihn zu warten, schob sie ihr Höschen selbst nach unten. Er half ihr dabei, den Tanga über ihre Beine zu zerren, und berührte sie dabei ausgiebig. „Nimm mich an der Wand." Sie war so fordernd wie immer, aber er war nur allzu bereit, dieses Mal zu gehorchen.

Er stand auf und streifte das Kondom über seinen Schwanz. „Spring hoch."

Sie legte ihre Arme um seinen Hals und machte es ihm leicht, sie hochzuheben. Ihre Beine schlangen sich wie im Club um ihn, aber jetzt war nichts mehr zwischen ihnen. Er drang in sie ein und presste sie gegen die Wand. Sie legte den Kopf zurück und gewährte ihm Zugang zu ihrem Hals und ihren Brüsten.

Leidenschaft, wie er sie noch nie gekannt hatte, überwältigte ihn. Er musste versuchen, sich zu beherrschen, sonst würde er zu schnell kommen. Er versuchte, das Tempo zu drosseln, aber die Muskeln in ihrem Inneren zogen sich um seinen Schwanz zusammen und trieben ihn an. Sie keuchten beide, während ihre Körper immer wieder zusammenprallten, und er glaubte nicht, dass er noch länger durchhalten könnte, als sie schließlich kam und ein wilder Schrei ihre Lippen verließ. Er stieß ein letztes Mal in sie und als er ebenfalls seinen Höhepunkt erreichte, wogte eine Welle der Lust nach der anderen durch ihn.

KAPITEL DREI

„Wohin fahren wir?“, fragte Violet, nachdem sie zehn Minuten lang still im Auto gesessen hatte. Glücklicherweise war Nate eingenickt, sobald sie sich in Bewegung gesetzt hatten. Autofahrten hatten diesen Effekt auf ihn, sogar solche, bei denen man die Straße wechselte und abrupt umdrehte, wie es hier der Fall war. *Standardpraxis*, sagte sie sich. Anderson führte Ausweichmanöver durch. Sie hatte in den letzten Wochen ihr eigenes Training genutzt, um das Gleiche zu tun, wenn sie das Gefühl hatte, beobachtet zu werden.

„Keine Ahnung. Ich arbeite daran.“ Er sprach in abgehackten Sätzen, während seine Augen zwischen den Spiegeln hin und her wanderten.

Sie seufzte. Sie hatten noch nie gute Gespräche geführt. Geheimdienstarbeit und Sex waren ihre gemeinsamen Fachgebiete. Und Letzteres hatten sie nur einmal getan. Aber einmal war genug gewesen. Sie drehte sich auf ihrem Platz um, damit sie Nates Profil sehen konnte. Sein Kopf ruhte auf der gepolsterten Seite des Kindersitzes, nicht weit von dem Einschussloch entfernt, das sie zuvor gesehen hatte. Sie kniff die Augen zusammen und kämpfte gegen das Bild an, das in ihrem Kopf aufstieg.

„Ist etwas hinter uns?“, fragte Anderson. „Ich sehe den schwarzen SUV nicht in meinem Spiegel.“

Hatte er seinen Sohn schon vergessen?

„Nichts, was nicht da sein sollte.“ Violet blickte wieder nach vorn und schwieg. Sie wollte nicht auf Nate und Andersons Rolle bei seiner Erziehung eingehen, während sie auf der Flucht waren. Sie musste nachdenken und ihr analytisches Gehirn auf Trab bringen. Die anderen Vorfälle, die sie Anderson geschildert hatte, hatten sich vor mehr als zwei Wochen ereignet und sie hatte begonnen, sich sicher zu fühlen. Was hatte ihren Angreifer, der sich bisher nur unheimlich verhalten hatte, dazu gebracht, plötzlich ihr Auto mit Kugeln zu durchlöchern?

Sie musste nach der Ursache dieser Veränderung suchen. Ihre Augen wanderten zu Andersons Profil. Hohe Stirn, lange Nase, überraschend sinnliche Lippen. Sie erinnerte sich daran, wie sie sich auf ihrem Körper angefühlt hatten, und zitterte fast vor Verlangen. Jetzt war nicht der richtige Zeitpunkt, um an jene Nacht in Russland zu denken, als sie sich gegenseitig die Kleider vom Leib gerissen und leidenschaftlichen Sex an einer Wand gehabt hatten.

Was nach dieser heißen Begegnung passiert war, beschrieb perfekt ihre Beziehung. Sie hatten Atem geholt und sich sofort voneinander abgewandt. Kein Kuscheln nach dem Sex. Keine zärtlichen Worte. Sie hatten ihre Kleidung aufgehoben und waren in dem sicheren Haus in entgegengesetzte Richtungen gegangen. Von da an bis zu ihrer Trennung in Deutschland einen Tag später hatten sie nur miteinander kommuniziert, wenn es nötig war.

Ein magischer Moment in Russland hatte den kleinen Kerl hinter ihnen hervorgebracht. Sie zog den Drohbrief aus dem Außenfach der Wickeltasche, in dem sie ihn verstaut hatte, und sah ihn sich noch einmal an.

Als sie die russische Schrift erneut las, wurde ihr kalt. Sie hatte keine Angst um ihr eigenes Leben, aber wenn Nate etwas passierte …

Sie drehte das Papier um und suchte nach Hinweisen, die den Absender identifizieren könnten.

„Hast du irgendetwas gefunden?“, fragte Anderson, als er auf den Highway abbog.

„Nichts, was ich sehen kann.“ Die hochmoderne Ausrüstung in dem Labor, wo sie arbeitete, könnte vielleicht mehr enthüllen, aber sie hatte keinen Zugang dazu. Und sie hatten beide das Papier angefasst und alle potenziellen Spuren kontaminiert. „Ich denke, es kann kein Zufall sein, dass der Angriff heute erfolgt ist. Du bist vor zwei Tagen von deinem Einsatz nach Hause gekommen und es war das erste Mal, dass wir uns gesehen haben. Jemand hat mich beobachtet und darauf gewartet, uns eine Nachricht zu senden, sobald wir zusammen sind.“

„Vielleicht“, räumte er ein, „aber wir waren nie ein Paar.“

„Wir haben aber so ausgesehen.“ Das war ihre Tarnung in Moskau gewesen. Er hatte die Rolle eines reichen Amerikaners gespielt, der daran interessiert war, einen Deal mit der russischen Mafia zu machen, und sie war seine attraktive Begleiterin gewesen. Die Wahrheit hätte nicht unterschiedlicher sein können. Ihre Analysetätigkeit hatte sie zur Hauptperson ihrer Mission gemacht und er war zu ihrer Unterstützung und ihrem Schutz dabei gewesen. Da jeder der beiden glaubte, das Kommando zu haben, hatten sie sich fast täglich gestritten. Teilweise war dies auf die Anspannung der Mission zurückzuführen gewesen, teilweise aber auch auf das unterdrückte Verlangen zwischen ihnen. „Und … ich weiß nicht. Selbst wenn unsere Deckung teilweise oder vollständig aufgeflogen ist, hat meine Schwangerschaft sie vielleicht davon überzeugt, dass unsere Beziehung echt war.“

Anderson schwieg einige Minuten. „Wenn du recht hast, müssen wir das Auto wechseln. Sie haben wahrscheinlich Informationen über mich und auch darüber, was für einen Wagen ich fahre."

„Das wäre ein Anfang", sagte sie, „aber wir brauchen einen sicheren Ort, um eine Lösung zu finden. Wir können nicht ewig weiterfahren." Es gab Verstecke, sowohl staatliche als auch private, aber sie hatte keinen Zugang zu der Liste. Ihre Vorgesetzten hätten es, aber sie fragte sich, ob das ein kluger Schachzug wäre. Das Protokoll besagte, dass sie diesen Vorfall melden und auf Anweisungen warten sollte, aber ihre Instinkte, die selten falschlagen, sagten ihr etwas anderes.

„Denkst du immer noch daran, anzurufen?", fragte Anderson. Er verließ den Highway und nahm eine Straße, die senkrecht dazu verlief. Sie bemerkte, dass sie sich langsam in südwestlicher Richtung von seinem Haus entfernten.

„Ich denke nicht, dass das klug wäre. In Kombination mit dem, was heute passiert ist, macht mir das Datenleck Sorgen." Sie ging in Gedanken die Details durch, die sie darüber kannte. Gab es noch mehr?

„Die Daten hätten versiegelt sein sollen", sagte er.

„In einer sauberen, ordentlichen Welt wären sie es gewesen", sagte sie. Anderson war an die geschlossenen Reihen der SEAL-Teams gewöhnt, in denen keine Gefahrenquellen geduldet wurden. Ihre Welt war viel nebulöser. Manchmal durften Bedrohungen existieren und wurden sogar gefördert, um zu sehen, wohin sie führten und zu wem man sie zurückverfolgen konnte. Sie hatte in der Vergangenheit selbst dazu geraten, diese Vorgehensweise in bestimmten Situationen anzuwenden. Es fühlte sich ganz anders an, wenn man plötzlich selbst zur Zielscheibe wurde.

Sie hatte es von Anfang an für wahrscheinlich gehalten, dass der Datendiebstahl das Werk der Söldnereinheit des Wolfs war. Wie ihr Anführer waren seine Männer unerbittliche Jäger. Volkhov selbst befand sich zurzeit angeblich in einem russischen Gefängnis, aber das bedeutete nicht, dass sein Rudel untätig herumlag und seine Wunden leckte. Oder dass er keine Befehle erteilen konnte.

„Das alles fühlt sich zu ungewiss für mich an", fuhr sie schließlich fort.

„Das kannst du laut sagen", murmelte er.

Sie richtete ihren Blick auf ihn. „Ich meine, dass ich Zeit brauche, um alles zu analysieren und zu bewerten. Du schreibst Dinge in deine kleinen Notizbücher." Sie streckte den Arm aus und klopfte auf seine Brusttasche, wo er immer eines davon herumtrug. „Ich muss Informationen in meinem Gehirn verschmelzen lassen."

„Es hilft mir, alles aufzuschreiben", sagte er gereizt.

„Das verstehe ich. Du würdest dir jetzt auch Notizen machen, wenn du nicht fahren würdest." Es überraschte sie, wie viel sie über ihn und seine Methoden wusste. Sie waren in Russland nur sechs Wochen zusammen gewesen, aber sie hatte in dieser Zeit reichlich Gelegenheit gehabt, ihn zu beobachten.

„Du hast recht", gab er mit einem Anflug von Widerwillen zu. „Ich habe gesehen, wie du dich aus schwierigen Situationen herausgedacht hast. Ich habe gelernt, dir in dieser Hinsicht zu vertrauen."

Sie war überrascht davon, dass er ihr Fachwissen anerkannte, aber bevor sie antworten konnte, wimmerte Nate auf seinem Platz, sodass sie sich umdrehte. Das Baby rollte den Kopf hin und her. Nach einer Minute steckte sich ihr Sohn seinen Daumen in den Mund und schlief wieder ein. Das war etwas, das sie ihm später abgewöhnen musste, aber im Moment war sie dankbar, dass es ihn beruhigte.

„Es geht ihm gut", sagte sie, obwohl Anderson nicht gefragt hatte. Ihre Erleichterung war von kurzer Dauer, als sie wieder nach vorn blickte. Anderson war neben ihr erstarrt. Was war passiert? Sie überprüfte ihren Seitenspiegel und suchte nach Anzeichen von Problemen, aber sie befanden sich auf einer Landstraße und es war kein anderes Auto in Sicht. „Was ist?"

Ein Muskel an seinem Kiefer zuckte. „Wir haben Dinge zu besprechen … über ihn."

Das war es also. Dass sie ihm Nates Existenz verheimlicht hatte, musste wie der ultimative Verrat auf ihn wirken. Trotzdem hatte sie ihre Gründe gehabt. Gute Gründe, wie sie immer noch glaubte. Aber nichts davon half ihr in der aktuellen Situation. Sie brach selten unter Druck zusammen – zumindest unter beruflichem Druck. Aber seit sie ein Kind hatte, hatte sich ihre Gefühlswelt verändert. Sie empfand mehr und intensiver.

Im Moment spürte sie, wie eine Welle der Nervosität in ihr aufstieg. „In Ordnung. Wenn wir das durchstehen wollen … was auch immer das ist …", sie gestikulierte im Auto herum, als wollte sie ihre Situation umfassen, „müssen wir uns gegenseitig vertrauen, was bedeutet, dass du glauben musst, dass ich dir die Wahrheit über Nate sage. Also, glaubst du, dass er von dir ist?" Es tat ihr weh, fragen zu müssen, aber es wäre eine berechtigte Sorge seinerseits. Sie konnte ihm sagen, dass sie fast ein Jahr lang mit niemandem geschlafen hatte, bevor Nate gezeugt worden war, und dass es seitdem keinen anderen Mann gegeben hatte, aber sie konnte es nicht beweisen.

„Er ist von mir", sagte Anderson mit ernster Stimme. „Ich kann es an seinem Gesicht sehen."

Sie kicherte fast bei diesen Worten. Sie hatte einen Artikel im *Scientific American* gelesen, in dem die Theorie bestritten wurde, dass erstgeborene Kinder ihren Vätern ähnelten als eine Art evolutionäre Garantie dafür, dass sie von ihnen anerkannt wurden. Angeblich stimmte das nicht, aber sie wunderte sich darüber, denn sie bemerkte eine deutliche Ähnlichkeit zu Anderson, wenn sie ihren Sohn ansah.

„Gut zu wissen“, erwiderte sie. „Und ich habe dir schon gesagt, warum ich dich vor deinem Einsatz nicht kontaktiert habe.“

„Ja.“ Er klang skeptisch, was sie nicht überraschte. Wahrscheinlich fiel es ihm schwer zu glauben, dass sie die Hälfte ihrer Schwangerschaft hinter sich gebracht hatte, bevor sie es sich selbst eingestanden hatte. „Was war, nachdem du gemerkt hast, dass du schwanger warst – und nach Nates Geburt? Hast du überhaupt versucht, mich zu erreichen?“

„Nein, das habe ich nicht“, gab sie zu. Sie hätte ihm Bescheid geben können, wenn sie gewollt hätte. Sie kannte die richtigen Kanäle und wusste, wie man die Bürokratie umging. Diese Fähigkeit hatte es ihr ermöglicht, zu erfahren, an welchem Tag Anderson von seinem Einsatz nach Hause kam, aber sie hatte sie nicht genutzt, um ihn früher aufzuspüren.

„Dann verstehst du sicher mein Problem“, sagte er. „Du hast Informationen zurückgehalten. Vertraue niemals einer Quelle, die das tut.“ Es war ein Standard in der Geheimdienstarbeit, wo Quellen manchmal für beide Seiten aktiv waren. Sie waren kompromittiert und wurden als nicht glaubwürdig eingestuft. Man hörte sich vielleicht an, was sie zu sagen hatten, aber man vertraute ihnen nicht.

„Ich habe eine Risikoanalyse durchgeführt. Eigentlich sogar mehrere.“ Sie hatte ihre Situation jeden Monat neu bewertet. Jedes Mal war sie zu dem Schluss gekommen, dass Anderson nichts von Nate wissen musste. Ihre jüngste Analyse hatte jedoch zu einem anderen Ergebnis geführt. Die Daten hatten sich nicht geändert, aber ihre Perspektive. Wenn jemand ein so schönes und süßes Kind wie Nate von ihr ferngehalten hätte, wäre sie bereit gewesen, einen Mord zu begehen. Sie hatte keine Möglichkeit zu wissen, ob es Anderson wichtig wäre, aber das war seine Entscheidung. Sie konnte sie nicht für ihn treffen.

Das unbekannte Element in ihrer Vorhersage war Andersons Reaktion darauf, Vater zu sein. Sie hatte keine genauen Daten gehabt, die erahnen ließen, wie seine Antwort ausfallen würde, aber ihr Bauch hatte ihr gesagt, dass er die Vaterschaft nicht einfach akzeptieren würde. Angesichts der Umstände empfand sie keine Freude darüber, recht gehabt zu haben.

„Und was waren deine Erkenntnisse?“, fragte er.

„Wie du weißt – da ich offensichtlich hier bin –, habe ich kürzlich entschieden, dass du es verdienst, davon zu wissen.“ Darauf konnte sie nicht näher eingehen. Es war eine Annahme, die auf Emotionen beruhte, nicht auf Tatsachen, und sie war sich nicht sicher, ob er es verstehen würde. Manchmal verstand sie es selbst nicht, aber es war einfach so.

Ihre Situation aber … Selbst die besten Daten hätten sie nicht davor gewarnt, dass sie mit einem Baby und seinem Vater auf der Flucht sein würde, die möglicherweise nichts mit ihr oder Nate zu tun hatte. Sie stieß einen Seufzer aus und war frustriert über das Fehlen eines Plans, an dem sie sich orientieren konnte. Sie hatte nicht genug Informationen und keine Ressourcen, die sie nutzen wollte. Sicher, sie konnten nach Hilton Head Island fahren, wo ihre Mutter jetzt wohnte, aber sie wollte ihr keinen Ärger machen. Sie hatte diese Möglichkeit schon vor einer Stunde ausgeschlossen.

„Wir müssen einen Ort finden, an dem wir übernachten können“, sagte sie nach langem Schweigen. Nate würde bald aufwachen und es würde ihm nicht gefallen, in seinem Kindersitz angeschnallt zu sein. Außerdem musste sie ihn füttern.

„Ich arbeite daran.“ Anderson drückte einen Knopf an seinem Lenkrad und schien erleichtert zu sein, etwas zu tun zu haben. „Patrick anrufen“, befahl er dem automatisierten System und wartete, während es wählte.

„Hey, Anderson“, antwortete eine Männerstimme beim zweiten Klingeln. „Ich bin froh, dass du wieder in den USA bist. Willst du herkommen und sehen …“

„Tut mir leid, Mann. Nicht heute. Ich habe ein Problem", sagte Anderson und berichtete von dem Angriff auf Violets Auto, dem Drohbrief und dem Baby auf dem Rücksitz.

„Du hast ein Kind?", fiel ihm Patrick ins Wort, wer auch immer er sein mochte. Die Kugeln in ihrem Auto und die Nachricht auf Russisch schienen ihn nicht so sehr zu schockieren wie die Vorstellung, dass Anderson Vater war. Das war interessant, aber nicht tröstlich.

„Ja, der Junge ist noch ein Baby", sagte Anderson ohne Wärme in seiner Stimme.

„Lass mich das klarstellen", erwiderte Patrick. „Du bist mit einem Baby auf der Flucht. Mann, ich dachte, *mein* Leben wäre kompliziert. Was brauchst du von mir?"

„Einen sicheren Ort für die Nacht und ein anderes Auto", sagte Anderson. Seine Augen hatten weder die Straße noch die Spiegel verlassen. „Hast du irgendwelche Verbindungen, die ich nutzen kann?"

„Vielleicht. Lass mich ein paar Anrufe machen. Kenton könnte auch eine Idee haben. Weiß er von deinem Kind?"

„Nein. Ich habe es selbst erst heute herausgefunden", sagte Anderson. „Ruf mich an, wenn du etwas hast." Er drückte auf eine Taste, um den Anruf zu beenden.

Violet hatte Frustration in seiner Stimme gehört, aber sie konnte sich der Ursache nicht sicher sein. Sorgte der Umstand, dass er nun Vater war, oder ihre Situation dafür, dass er die Fassung verlor?

Sie hoffte auf Letzteres. Nate war kein Problem. Er war ein Kind, ein schöner, liebenswerter kleiner Junge. Ihr Herz brach bei dem Gedanken, dass Anderson ihren Sohn nur als eine Unannehmlichkeit betrachten könnte. Natürlich machte Nate alles komplizierter und brachte ein gewisses Maß an Angst in ihre Welt, das angesichts ihrer

Umstände an Panik grenzte, aber wenn sie ihr Kind an sich drückte, war es jeden Ärger wert.

Würde Anderson das auch so empfinden wie sie? Oder hatte er vor, so schnell wie möglich zu verschwinden? Sie würde damit zurechtkommen, wenn er es tat. Sie wäre enttäuscht und traurig für Nate, aber sie würde es auch allein schaffen. Wie sie Anderson in seinem Haus gesagt hatte, brauchte sie nichts von ihm. Ihr Vater war weggegangen, noch bevor sie ein Jahr alt geworden war, und ihre Mutter war unglaublich gewesen. Sie hatte das Leben als alleinerziehende Mutter einfach aussehen lassen. Violet hatte sich kein einziges Mal benachteiligt gefühlt. Sie war neugierig auf ihren Vater gewesen, aber sie hatte sich nie nach ihm gesehnt, weil sie wusste, dass sie alles, was sie brauchte, von ihrer Mutter bekam.

Violet hätte dem Beispiel ihrer Mutter folgen und ihrem Baby auf andere Weise Liebe und Sicherheit geben können. Sie war bereit, Nate so großzuziehen, aber wäre ihr Kind nicht besser dran, wenn es zwei liebende Eltern hätte? Sie dachte, dass es so war.

Violet trommelte mit den Fingern auf ihr Bein und wünschte, sie hätte die fehlenden Teile des Rätsels, in dem sie sich befanden … und Zugang zu Andersons Gedanken. Aber nichts davon schien in Reichweite zu sein. Im Moment hätte sie sich schon damit zufriedengegeben, aus dem Auto steigen zu können.

Sie fuhren weiter und Anderson nahm regelmäßig Anrufe von Patrick und Kenton entgegen. Die beiden Männer schienen enge Freunde und SEAL-Teamkameraden zu sein. Gemeinsam organisierten sie ein anderes Auto und ein Hotel, das sie für die Nacht als sicher einstuften. Es war eine vorübergehende Lösung für ein Problem, das kein absehbares Ende hatte.

KAPITEL VIER

„Ist er krank?“, fragte Anderson, als sie sicher in einem Hotelzimmer waren. Sie waren fünf Stunden auf der Straße unterwegs gewesen und Nate hatte während der letzten Stunde geweint. Autofahren mit einem schreienden Kind auf dem Rücksitz sollte als besondere Befähigung auf dem Führerschein vermerkt oder verwendet werden, um Menschen darauf zu trainieren, Ablenkungen auszublenden, weil es höllisch schwer gewesen war, konzentriert zu bleiben.

„Das glaube ich nicht. Babys reagieren empfindlich auf Änderungen in ihrer Routine. Der Tag heute war hart.“ Violet hatte aus dem Schreibtisch in ihrem Zimmer einen provisorischen Wickeltisch gemacht. Sie schien ziemlich viel Zeug in dieser einen Tasche zu haben. Eine weiche Matte, zusätzliche Kleidung, Windeln, Feuchttücher … und sie hatte alles davon in der letzten halben Stunde benutzt.

„Ich habe noch nie so viel Kacke gesehen“, kommentierte Anderson, als Violet eine weitere schmutzige Windel in eine Plastiktüte stopfte. „Bist du sicher, dass es ihm gut geht?“

„Hör zu, ich bin keine Kinderärztin“, fauchte sie. „Ich habe aber fünf

Monate Erfahrung als Mutter und du hast einen Tag als Vater. Lass mich einfach mein Ding machen.“

Anderson hielt die Hände hoch und wich zurück. Dieser Tonfall war viel eher das, was er von ihr gewohnt war. Sie mochte es nicht, wenn ihre Kompetenz infrage gestellt wurde. Und zum Teufel, in diesem Fall war sie definitiv die Expertin im Raum. Anderson setzte sich auf die Bettkante und sah Nate an, der jetzt friedliche Babygeräusche machte. Nichts an ihm erinnerte mehr an das schreiende Kind aus dem Auto oder die Kackmaschine, die er gewesen war, seit sie das Zimmer betreten hatten. Waren so schnelle Veränderungen bei Kindern normal?

Violet hatte eine Hand auf Nates Bauch gelegt, während sie mit der anderen tief in der Tasche herumwühlte. Sollte er anbieten, ihr zu helfen? Sie schien allein zurechtzukommen, aber er mochte es nicht, sich nutzlos zu fühlen.

„Soll ich einen Laden suchen und ein paar … Babysachen besorgen?“, fragte er.

Sie seufzte. „Ich schätze ja.“

„Okay“, sagte er, zog sein Notizbuch aus der Tasche und blätterte auf eine leere Seite. „Sag mir, was ich kaufen soll.“

„Ein paar Packungen Windeln, Größe zwei“, sagte sie.

„Sie haben Größen?“, fragte er. Sie antwortete mit einem finsteren Blick. „Verstanden. Was sonst noch?“

„Feuchttücher. Kleidung. Auf der Verpackung sollte stehen, dass sie für sechs Monate oder sechs bis neun Monate alte Babys geeignet ist.“

Er notierte, was sie sagte, und wies nicht darauf hin, dass Nate fünf Monate alt war. Das musste ein Rätsel sein, das er nicht verstand, oder vielleicht war sein Kind einfach ziemlich groß für sein Alter. Anderson gefiel diese Idee besser. „Noch etwas?“

„Nein, das sollte uns durch die Nacht bringen." Ihre Stimme brach und er fragte sich, wie nahe sie den Tränen war. Sie schien sonst immer in der Lage zu sein, mit allem umzugehen, aber anscheinend war sie heute mit den Nerven am Ende.

„Ich komme zurück, sobald ich kann", sagte er und verließ das Zimmer.

Eine schnelle Suche auf seinem Handy führte Anderson zu einem nahegelegenen *Target*, wo er sich auf den Weg zur Babyabteilung machte. Zuerst die Windeln. Er holte tief Luft, als er vor einem Regal voller verschiedener Marken stand. War Größe zwei bei allen Marken gleich? Er fing an, die Etiketten zu lesen. Anscheinend, aber was wusste er schon? Er wählte ein paar Packungen aus und besorgte zusätzlich Feuchttücher, bevor er zur Bekleidungsabteilung ging.

Anderson hatte nicht erwartet, dass er jemals Babykleidung kaufen würde, aber er ging ein Regal mit winzigen Outfits durch, bis er eines in gedeckten Farben und eines mit Segelbooten auf der Vorderseite fand. Das war ein Anfang. Er musste Nate ein US Navy T-Shirt besorgen. So etwas hatte er bei den Kindern seiner SEAL-Kameraden gesehen.

Moment. Was zum Teufel dachte er da? Es war nicht so, dass er vorhatte, den Jungen großzuziehen. Was Violet wahrscheinlich erwartete. Er konnte sich vorstellen, dass ihre Analyse ergeben hatte, dass er ein schlechter Vater sein würde. Sie hatte ihm das im Auto nicht gestanden, aber er konnte sehen, dass sie an ihm zweifelte.

Er wäre darüber wütend gewesen, wenn er sich nicht so verdammt viele Sorgen gemacht hätte, dass ihre Situation dadurch, dass ein Baby bei ihnen war, noch komplizierter wurde. Kinder machten alles schwieriger. Das hatte er immer wieder bei seinen SEAL-Teamkameraden gesehen – einschließlich Patrick, der gezwungen gewesen war, um das Sorgerecht für seine Tochter zu kämpfen. Anderson hatte nie in diese Lage kommen wollen. Das Leben war einfacher, wenn er sich nur um sich selbst kümmern musste – und das tat er bereits seit seinem zehnten

Lebensjahr. Dabei war er erfolgreich, aber ein Baby und eine Frau an sich heranzulassen brachte sein sorgfältig geplantes Leben völlig durcheinander.

Er schüttelte den Kopf. Er würde das alles später regeln müssen. Zunächst musste er sich mit der Drohung gegen Violet und Nate beschäftigen. Er ging an der Lebensmittelabteilung vorbei zur Kasse und machte einen Umweg, um zwei Sandwiches und Obst zu holen. Nach einem Blick in den Einkaufswagen griff er noch nach einer Packung Schokoladenkekse für Violet und Proteinriegeln für sich.

Als er ins Hotel zurückkehrte, war Nate wieder unruhig.

„Gott sei Dank", sagte Violet zur Begrüßung. „Mehr Windeln." Als sie sich die Haare aus dem Gesicht strich, fiel ihr Blick auf das Essen. „Gute Idee."

„Soll ich etwas davon aufmachen?", bot er an und war glücklich darüber, ihr eine Freude gemacht zu haben.

„Später." Sie legte Nate an ihre Schulter und ging mit ihm durch den kleinen Raum. „Komm schon, Nate, gib Mama eine Pause, okay?" Ihre Stimme war sanft und beruhigend und schien ihre Wirkung nicht zu verfehlen. Nates Augen schlossen sich.

Anderson wollte die beiden nicht stören und ging nach draußen, um die Umgebung des Hotels zu überprüfen. Er patrouillierte auf dem Parkplatz und suchte im Umkreis von drei Blocks nach schwarzen SUVs – obwohl die Angreifer natürlich das Fahrzeug hätten wechseln können. Trotzdem versetzte ihn nichts, was er sah, in Alarmbereitschaft. Auf dem Rückweg rief er Patrick an, um ein Update zu bekommen.

„Ich denke, du solltest Rogers kontaktieren", schlug Patrick vor. „Er hat zivile Verbindungen, die wir nicht haben."

„Gute Idee", sagte Anderson. Er hätte selbst daran gedacht, Dan Rogers, einen ehemaligen SEAL, der jetzt ein privates Sicherheitsunternehmen besaß, anzurufen, wenn der Tag nicht so eine Katastrophe gewesen wäre. „Das mache ich. Danke für deine Hilfe."

„Kein Problem. Hey, Anderson, wie heißt dein Sohn?"

„Nate." Er ging nicht näher darauf ein, weil er immer noch versuchte, die Tatsache zu verarbeiten, dass er vor vierundzwanzig Stunden nicht einmal von der Existenz des Babys gewusst hatte.

„Pass gut auf ihn auf", sagte Patrick. „Gute Nacht."

Anderson ging zurück zum Hotelzimmer und blieb vor der Tür stehen, um zu lauschen. Stille. Er trat ein. Violet hielt einen Finger an ihre Lippen und zeigte auf das schlafende Baby in der Mitte des Bettes.

„Ich habe darauf gewartet, dass du zurückkommst", flüsterte sie. „Kannst du ihn im Auge behalten, während ich ein Bad nehme?"

„Ich schätze schon. Was mache ich, wenn er aufwacht und weint?" Anderson warf einen Blick auf das schlafende Baby. Nate schien völlig erschöpft zu sein, aber der Schein trog, wenn es um Kinder ging. Das hatte er heute gelernt.

„Halte ihn einfach im Arm. Ich brauche zwanzig Minuten für mich, okay?" Sie wirkte müder, als er sie jemals zuvor gesehen hatte. „Kannst du das für mich tun?"

Er nickte und packte sie am Arm, als sie sich umdrehen wollte. „Hast du jemanden angerufen, während ich unterwegs war?"

„Nein. Ich denke, es ist besser, das nicht zu tun. Ich brauche Zeit und mehr Informationen, um die Bedrohung zu analysieren. Ich fühle mich nicht wohl dabei, das meiner Behörde zu überlassen." Ihre Stimme klang entschlossen, aber er hörte darin einen Anflug von Angst. „Wir sind für eine Weile allein besser dran."

„Das ist mir nur recht." Anderson hätte seinen befehlshabenden Offizier um Hilfe bitten können, aber so wie sie zögerte auch er, andere einzubeziehen, bis sie mehr Fakten hatten. Rogers, den er seit Jahren kannte und der nicht mehr Teil der militärischen Hierarchie war, war der einzige Mensch, dem er vertrauen konnte. Er nahm sich eine Minute Zeit, um ihr von dem ehemaligen SEAL und seinem Unternehmen zu erzählen.

„Wenn du dir seiner Integrität so sicher bist, scheint er unsere beste Wahl zu sein“, stimmte sie ihm zu. „Sein Unternehmen kann Informationen sammeln und ich werde sie analysieren.“

„Und was soll ich tun, während du das tust?“, fragte Anderson.

„Das Gleiche wie immer“, sagte sie mit einem schwachen Lächeln. „Uns beschützen. Schrei, wenn du mich brauchst.“

Sie verschwand im Badezimmer und einen Moment später hörte er, wie Wasser in die Wanne strömte. Er schaltete das Licht aus und hielt am Fenster nach Gefahren Ausschau, bevor er die Vorhänge fest zuzog. Da er nichts anderes tun konnte, setzte er sich und holte sein Notizbuch heraus. Er packte das verbleibende Sandwich aus – Violet musste das andere gegessen haben, als er unterwegs gewesen war – und aß es schnell, während er alles notierte, was an diesem Tag geschehen war, zusammen mit relevanten Informationen über ihre Mission in Moskau.

Er arbeitete erst ein paar Minuten, als Nate sich regte und seine kleinen Fäuste reckte. Eine Sekunde später begann er zu wimmern. Anderson eilte zu ihm und stellte fest, dass die Augen des Jungen weit geöffnet waren und ihn anstarrten.

„Du musst schlafen, Kumpel“, murmelte er. „Deine Mom ist müde und braucht eine Pause. Und ich habe keine Ahnung, was ich mit dir machen soll.“ Das Wimmern wurde zu einem Schluchzen und Nates gerötetes Gesicht verzog sich, als würde er sich darauf vorbereiten, laut zu schreien. „Komm schon. Tu das nicht. Ich hebe dich hoch, okay?“

Anderson schob seine Arme unter den Jungen und brachte ihn an seine Schulter. Er hatte ihn an diesem Tag ein paarmal gehalten, aber nie, wenn er weinte oder wenn er ihn nicht ohne Weiteres an Violet zurückgeben konnte.

„Wie kann jemand so Kleines so viel Ärger machen?“, murmelte Anderson. Sein Sohn fühlte sich federleicht in seinen Armen an, aber er machte sich immer noch Sorgen, dass er vielleicht etwas falsch machte. Er rieb Nates Rücken, wie er es bei Violet gesehen hatte, und wiegte ihn vorsichtig, während er durch den Raum ging.

„Das gefällt dir. Was macht dich sonst noch glücklich?“ Anderson sah auf das Gesicht des Jungen hinunter. Er betrachtete Anderson, als würde er auf etwas warten. „Willst du, dass ich rede?“ Er hielt seine Stimme sanft. „Das kann ich machen. Du hast bestimmt keine Ahnung, was ich sage, also ist dieses Gespräch völlig vertraulich, nicht wahr?“

Nate machte ein gurgelndes Geräusch und steckte sich den Daumen in den Mund. Das Kind war süß, aber Himmel, Anderson war nicht bereit dafür. Er hatte zu viel eigenen Ballast. Da er nicht wusste, was er sagen sollte, erzählte er Nate, was ihm durch den Kopf ging.

„Mein Daddy war ein Idiot, weißt du.“ Anderson hätte ein stärkeres Wort verwendet, wenn er mit einem Erwachsenen gesprochen hätte. „Die schlimmste Art von Mann. Verantwortungslos, kriminell und gewalttätig, wenn er sich abreagieren wollte. Ich habe mein Leben mit dem Versuch verbracht, anders als er zu sein. Mein Dad hatte ein Kind, das er nicht wollte. Mich. Meine Geburt hat meinen Eltern nur Probleme bereitet. Du hast es besser als ich damals. Deine Mama liebt dich und du hast Glück mit ihr. Mit deinem Vater hast du allerdings nicht so viel Glück. Und ich muss dir sagen, dass ich nicht darum gebeten habe – um dich.“ Er machte eine Pause und fühlte sich wegen seiner Worte schuldig, aber diese Schuldgefühle waren nicht stärker als die Angst in ihm. „Du scheinst nett zu sein, wenn du nicht schreist, aber es gibt keinen Platz für ein Baby in meinem Leben. Ich bin einfach nicht dafür geeignet. Ich habe Freunde, Teamkameraden und Menschen, denen ich vertraue, aber ich lasse niemanden an mich heran. Weißt du, warum?“ Das Baby sah mit großen Augen zu ihm auf. „Ich werde es dir verraten. Hier ist mein väterlicher Rat, wahrscheinlich der einzige, den ich dir jemals geben werde. Wenn du Menschen an dich heranlässt, tun sie dir nur weh. Sie spielen mit deinen Gefühlen und du fällst in ein tiefes Loch, aus dem du mühsam wieder herausklettern musst. Du musst dich praktisch selbst aus dem Nichts nach oben ziehen. Es ist schwer, aber ich habe es geschafft.“

Anderson schwieg einen Moment, bis Nate sich wieder bewegte und seinen Kopf an der Schulter seines Vaters rieb. „Willst du immer noch reden? Lass es mich noch einmal deutlich sagen. Ich war nie dazu bestimmt, Vater zu sein. Es tut mir leid, aber das ist die Wahrheit. Ich kann mich nicht um dich kümmern. Es wäre … es wäre zu viel. Ich hoffe, du kannst das verstehen.“

Er drehte sich um und stieß fast mit Violet zusammen. Sie war in einen Bademantel gehüllt und ihre Augen glühten. „Wie viel hast du gehört?“, fragte er. Er bereute seine Worte nicht. Sie waren die Wahrheit gewesen. Niemand sollte ihm zutrauen, ein Kind großzuziehen, weil er es sich selbst nicht zutraute.

„Genug.“ Sie nahm Nate und drückte ihn an ihren Körper. „Ich habe mich gefragt, was heute passiert wäre, wenn mein Auto nicht von Kugeln getroffen worden wäre. Ich schätze, ich habe meine Antwort.“

„Violet …“, begann er, aber sie winkte ab.

„Schon gut. Wie ich schon sagte, ich brauche dich nicht – und Nate braucht dich auch nicht. Ich komme als alleinerziehende Mutter zurecht. Hilf mir einfach, zu einem sicheren Haus zu gelangen, und ich schaffe den Rest allein.“ Ihre Stimme war schroff und sachlich.

„Ich werde dieses Chaos in Ordnung bringen“, sagte er. Er hatte nie Kinder oder eine Beziehung gewollt, aber er würde sicherstellen, dass Nate und Violet kein Schaden zugefügt wurde. Da er bereits bis zum

Hals in dieser Situation steckte, würde er sein Bestes geben, um sie zu beschützen. Wie es danach weiterging, war eine andere Geschichte.

„Nicht nötig." Sie sah ihn über Nates Kopf hinweg an. „Ich bin müde und möchte schlafen gehen. Nate und ich nehmen das Bett. Ich gehe davon aus, dass dir der Boden genügt."

Er nickte und wusste nicht, was er sonst sagen sollte, da er sich nicht dafür entschuldigen würde, dass er die Wahrheit gesagt hatte. Vielleicht war es gut, dass sie ihn belauscht hatte. Dadurch war sein Standpunkt kein Geheimnis mehr.

KAPITEL FÜNF

Violet rollte sich in dem dunklen Hotelzimmer herum und lauschte Nates ruhigem Atem. In allen Büchern zur Kindererziehung stand, dass man das Baby nicht bei sich im Bett haben sollte, und sie konnte verstehen, warum. Sie war so besorgt darüber gewesen, Nate in der Nacht versehentlich zu zerquetschen, dass sie kaum geschlafen hatte.

Er war einmal aufgewacht, um gefüttert zu werden, aber ansonsten war er friedlich gewesen. Im Gegensatz zu ihr. Sie hasste, wie sich die Situation mit Anderson entwickelt hatte. Aber sie war nicht überrascht. Sie hatte gehofft, er würde die Vaterschaft begrüßen, aber sie hatte es nicht erwartet. Nicht wirklich. Sie hatte zugelassen, dass ihre Einschätzung der Lage von Hoffnung überschattet wurde, aber in ihrem Herzen hatte sie die Wahrheit gewusst. Sie hatte recht über ihn gehabt. Schön für sie. Aber sie fühlte sich dadurch nicht im Geringsten bestätigt oder glücklich.

Auch wenn es nicht rational war, hatte sie gedacht, sobald Anderson Nate traf, würde etwas Klick machen und es gäbe eine sofortige Bindung zwischen Vater und Sohn. Sie hatte die Bindung zu ihrem

Kind schon in dem Moment gespürt, als sie auf dem Schwangerschaftstest ein Pluszeichen entdeckt hatte. Und als sie bei ihrer ersten Ultraschalluntersuchung eine Aufnahme seines Gesichts gesehen hatte, hatte sie sich verliebt. Nicht, dass sie keine Angst davor gehabt hatte, ein Baby zu bekommen. Das hatte sie, aber sie hatte auch das Kind gewollt.

Nichts davon war bei Anderson zu spüren und sie konnte es nicht erzwingen. Er hatte Nate gezeugt. Zumindest hatte er das nicht geleugnet, aber er konnte seinen Sohn nicht lieben. Oh Gott, das machte sie so traurig.

Sie stemmte sich hoch und lehnte sich mit dem Rücken an das Kopfteil des Bettes. Die Nachttischuhr zeigte an, dass es sechs Uhr morgens war. Eine Lampe auf der anderen Seite des Raumes ging leise an und Anderson stand auf. Sie war nicht erstaunt darüber, dass er wach war. Er schien immer in Alarmbereitschaft zu sein. Das musste mit seiner Arbeit zu tun haben. Ihre Augen trafen sich durch den Raum.

„Tut mir leid wegen gestern Abend“, sagte sie leise. „Ich wollte dich nicht angreifen, nur weil du ehrlich über deine Gefühle für Nate warst.“

„Es ist nicht so, dass mir egal ist, was aus ihm wird. Es ist nur so …“ Er kam näher. „Ich werde dich finanziell unterstützen. Die Navy wird alles arrangieren. Ich weiß, dass sie das für einige meiner Kameraden tut. Dann wird ein Teil meines Solds direkt auf dein Konto überwiesen. Und wenn du jemals etwas anderes brauchst, lässt du es mich einfach wissen.“

Violet fühlte, wie Ärger über sein Angebot, Kindesunterhalt zu zahlen, in ihr aufstieg. Dachte er etwa, dass sie aus diesem Grund versucht hatte, ihn einzubeziehen? „Ich will dein Geld nicht“, sagte sie. „Mein Einkommen ist hoch genug für Nate und mich.“ Als Analystin war ihr Gehalt wahrscheinlich höher als Andersons Sold. Und wenn sie in den privaten Sektor wechseln würde, könnte sie ihr Jahreseinkommen leicht verdoppeln. Geld war nicht das Problem.

„Es ist nur anständig", murmelte er und sah auf sie hinunter.

Sie wollte argumentieren, dass es anständig wäre, ihr emotionale Unterstützung zu geben und ihren Sohn zu lieben. Geld hatte in dieser Situation nichts mit Anstand zu tun. Aber Anderson schien das nicht verstehen zu können. Als sie zum ersten Mal mit ihm zusammengearbeitet hatte, hatte sie ein wenig über seinen Hintergrund nachgeforscht. Sie wusste, dass er ein Einzelkind ohne Beziehung zu seinen Eltern war. Es gab kaum Informationen über sie. Die einzigen Aufzeichnungen, die Violet gefunden hatte, ließen auf kriminelle Aktivitäten schließen. Sie war also nicht überrascht, dass er keinen Familiensinn hatte … aber es tat ihr trotzdem weh.

„Bitte spare dir die Mühe. Im Ernst", sagte sie und schwang ihre Beine auf den Boden. „Ich gehe jetzt. Wenn du mich dorthin bringst, wo das neue Auto wartet, kann ich von dort aus allein weiter."

„Das ist keine gute Idee." Seine Stimme, die unsicher geklungen hatte, war plötzlich fest. „Ich habe gestern Nacht einige Dinge in Gang gesetzt."

„Mit Rogers?", fragte sie.

„Er hat eine Unterkunft für uns", sagte Anderson. „In Tennessee. Wir werden den größten Teil des Tages brauchen, um dorthin zu fahren, aber es ist ein Haus in einem ruhigen Vorort, wo wir uns … unbemerkt aufhalten können."

Sie würden wie ein junges Paar mit einem Baby aussehen, was keine Aufmerksamkeit erregen würde. Alles würde darauf hindeuten, dass sie eine Familie waren.

„Hat er auch neue Identitäten für uns?" Nichts davon würde funktionieren, wenn sie ihre richtigen Namen und Kreditkarten verwendeten.

„Er arbeitet daran", sagte Anderson mit einem Blick auf Nate, der anfing zu zappeln.

„Rogers muss ein guter Freund sein“, sagte sie, als sie nach Nate griff und ihn auf ihren Schoß hob. Er war warm und immer noch benommen vom Schlaf. Sie liebte den Morgen mit ihm.

„Die SEALs sind wie eine Bruderschaft“, erwiderte Anderson. Er beobachtete ihren Sohn, unternahm aber keinen Versuch, nach ihm zu greifen.

Sein Kommentar machte jedoch deutlich, dass Anderson verstand, was Familie bedeutete. Er hatte diese Bindung zu seinen SEAL-Kameraden aufgebaut. Warum sollte er sich nicht die Zeit nehmen, sie zu seinem eigenen Sohn aufzubauen? Es verwirrte sie, aber sie konnte sich nicht darüber aufregen. Nicht noch einmal.

„Ich bin dankbar, dass er bereit ist, uns zu helfen“, sagte sie. „Ich habe gestern Nacht lange darüber nachgedacht. Die Teile dieses Puzzles passen nicht zusammen. Es fehlt zu viel und ich habe nicht das Gefühl, dass wir uns auf die Unterstützung meiner Behörde verlassen können.“

„Vertraue deinem Bauchgefühl“, sagte Anderson. „Es hat normalerweise recht. Wir sollten uns in Bewegung setzen.“

Drei Stunden später stand Violet kurz davor, sich die Haare zu raufen. Anderson drückte unentwegt auf die voreingestellten Tasten der Stereoanlage in seinem Auto und schickte sie auf eine chaotische Reise zwischen Classic Rock, Country und Reggae. Sie hatte gewusst, dass er ein komplizierter Mann war, aber seine Musikauswahl ließ sie nach einem stärkeren Wort suchen. Er schien sich nie lange für einen Stil entscheiden zu können und seine Auswahl wirkte völlig widersprüchlich. War das ein Spiegelbild seines Innenlebens?

Als er eine Taste drückte, die sie zu zeitgenössischem Jazz führte, konnte sie nicht länger schweigen. „Besteht die Chance, dass ich die Herrschaft über das Radio bekomme?“, fragte sie und bemühte sich um einen scherzhaften Ton.

Er schüttelte den Kopf. „Der Fahrer hat die Wahl. Das ist die Regel.“

„Wessen Regel?“, fragte sie.

Er sah sie verblüfft an. „Die Regel aller Roadtrips.“

Ihre Erfahrung mit Roadtrip-Musik war etwas anders. Wenn sie mit ihrer Mutter unterwegs war, waren es Broadway-Hits. Mit Freundinnen dröhnte Popmusik aus der Stereoanlage. Und es wurde immer gemeinsam und nicht diktatorisch entschieden. In letzter Zeit hatte sie spezielle Musik gehört, um die Entwicklung ihres Kindes zu fördern, aber Nate war nicht wählerisch. Er schien alles zu mögen. Während Andersons Genrewechsel hatte er auf dem Rücksitz fröhlich geplappert.

„Ich bin mit dieser Regel nicht vertraut. Aber wenn es so funktioniert, würde ich gern eine Weile fahren“, sagte sie und war überzeugt davon, dass er Nein sagen würde. Nach ihrer Erfahrung behielten Männer gern die Kontrolle über das Lenkrad.

„Sicher“, sagte er und hielt am nächsten Parkplatz an.

Bevor sie losfuhr, ging sie im Radio die Optionen durch und fand einen Sender, der sich der Popmusik der letzten zehn Jahre verschrieben hatte. Perfekt. Das gefiel ihr, obwohl sie annahm, dass es nicht Andersons Geschmack war. Sie fügte sich in den Verkehr ein, während die Musik lief. Die vertrauten Lieder waren ein guter Hintergrund für ihre Gedanken und eine Möglichkeit, das Chaos des vergangenen Tages zu verarbeiten. Es war so viel passiert, seit sie mit Nate in ihren Armen nervös vor Andersons Haustür gewartet hatte, um ihm zu sagen, dass er einen Sohn hatte.

Hier waren sie nun zusammen in unangenehmer Stille auf der Flucht. Wenn sie sich als Familie tarnen wollten, musste ein Teil der Spannungen nachlassen. Sie waren beide gute Schauspieler, wenn es um Spionage ging, aber sie konnte nicht so gereizt weiterleben, bis sie einen Ausweg aus diesem Chaos fanden. Sie musste die Distanz zwischen ihnen zumindest vorübergehend überbrücken, damit sie wieder als Team zusammenarbeiten konnten.

Sie sah zu ihm hinüber. Er nickte im Rhythmus von Nickelbacks *Gotta Be Somebody*. Schon bald hörte sie, wie er in den Refrain einstimmte. Zur Hölle – sie kannte den Text auch. Also sangen sie den Refrain zusammen.

Er warf ihr einen Blick zu und grinste unerwartet, als sie auf ihrem Sitz tanzte und mit ihren Fingerspitzen im Rhythmus auf das Lenkrad trommelte. Das machte Spaß, fast wie ein echter Roadtrip. Sie sangen auch die nächste Strophe gemeinsam.

Sie hatte nie viel über die Bedeutung des Songs nachgedacht, sondern als Teenager einfach den Beat und das Video geliebt, aber jetzt fragte sie sich, ob in den Worten darüber, dass es für jeden Menschen da draußen jemanden gab, eine Wahrheit steckte, die ihr mit sechzehn entgangen war. Der Leadsänger sang die letzten Zeilen und einen Moment später begann ein anderes Lied.

„Diesen Song habe ich immer gemocht“, sagte Anderson.

„Ich auch“, stimmte sie ihm zu. „Er erinnert mich an die Highschool.“

„Ist es eine gute Erinnerung?“

„Teilweise.“ Es waren nicht die besten Tage ihres Lebens gewesen, aber insgesamt eine positive Erfahrung. „Meine Freundinnen und ich hatten viel Spaß.“

„Ich wette, du warst eine gute Schülerin“, sagte er.

„Das musste ich sein.“ Sie hatte alle Fortgeschrittenen-Kurse an ihrer Schule besucht. „Das hat meine Mutter von mir erwartet, aber sie hat auch begriffen, dass ich als Kind ein unbeschwertes Leben genießen sollte, solange ich konnte. Ich denke … ich denke, sie hat das besser verstanden als die meisten Eltern, weil sie mich allein großgezogen hat.“

„Das ist bestimmt hart“, sagte er. „Eine alleinerziehende Mutter zu sein.“

„Ich habe bislang nur einen Vorgeschmack darauf bekommen, aber es gab Zeiten, da wäre es schön gewesen, Nate an jemanden weiterreichen zu können." Ein paar schlaflose Nächte fielen ihr wieder ein. Manchmal war sie stundenlang mit dem Baby auf und ab gegangen und hatte es trotzdem nicht dazu bringen können, endlich einzuschlafen. „Er hat mit zwei Monaten Koliken bekommen."

„Koliken?", wiederholte Anderson das ungewohnte Wort.

„Ja, niemand weiß genau, was sie verursacht." Sie hatte genug Nachforschungen angestellt, um zu diesem Schluss zu gelangen. „Aber manche Babys weinen ständig und man kann sie nicht beruhigen. Das waren ein paar harte Wochen. Ich beschwere mich aber nicht. Ich würde ihn gegen nichts auf der Welt eintauschen."

„Nate hat jemanden, der ihn liebt und sein Leben in der Hand hält, wie es in dem Song heißt. Das ist gut." Andersons Stimme war ernst geworden.

„Ich glaube nicht, dass der Text von Müttern und Babys handelt. In dem Song geht es darum, einen besonderen Menschen zu finden, den man liebt und dem man vertrauen kann." Sie hatte sich nie viele Gedanken über solche Dinge gemacht und war nie so besessen von irgendwelchen Kerlen gewesen wie ihre Freundinnen. Vielleicht lag das an ihrer Erziehung, aber sie hatte sich nie den großen Moment vorgestellt, in dem sie die wahre Liebe finden würde, um dann zu heiraten, Kinder zu haben und Fahrgemeinschaften mit anderen Müttern zu bilden. Stattdessen hatte sie sich auf das College und ihre Karriere konzentriert. Männer waren eine nette Ablenkung gewesen, wenn sie unverbindlich Spaß haben wollte, aber sie hatte keinen von ihnen jemals ernst genommen.

„Das Lied könnte auf jeden passen", sagte Anderson mit einem Schulterzucken.

„Vielleicht. Wer wäre dieser besondere Mensch für dich?“, fragte sie und war sich nicht wirklich sicher, wie er reagieren würde. Würde er ihr antworten oder sich ihr verschließen? Es war ein interessantes Experiment. Sprach Anderson Park über seine Gefühle? Hatte er sich jemals gewünscht, da draußen wäre jemand für ihn?

Die Pause dauerte an, während Lady Gaga sang und Nate auf dem Rücksitz plapperte. Violet ließ zu, dass sich die Stille ausdehnte. Wenn Anderson nicht antwortete, würde sie das Thema ruhen lassen.

„Ich hatte zwei gute Freunde in der Highschool“, sagte er schließlich. „Patrick und Kenton. In vielerlei Hinsicht waren wir uns überhaupt nicht ähnlich. Wir sind völlig unterschiedlich aufgewachsen. Aber wir sind viel zusammen gewesen – wir haben Football gespielt und sind laufen gegangen. Nach dem Abschluss haben beide die Navy-Akademie besucht und ich habe die übliche Soldatenlaufbahn eingeschlagen.“

„Ich dachte, du wärst nach Monterey gegangen“, sagte sie. Alle Zweige des Militärs nutzten das Sprachinstitut des Verteidigungsministeriums, um Fremdsprachenexperten auszubilden. Anderson beherrschte mehrere Sprachen, eine Fähigkeit, die sie in Russland zusammengebracht hatte.

„Das bin ich auch“, sagte er. „Ich wurde nach der Grundausbildung dorthin geschickt. Ich habe zuerst Russisch gelernt und bin dann für Arabisch geblieben.“

Sie wollte lachen. Er sagte es beiläufig, aber das intensive Sprachprogramm war alles andere als das. Die Tatsache, dass er dort gleich zwei Sprachen gelernt hatte, war bewundernswert.

„Also bist du mit den beiden befreundet geblieben?“, fragte sie und hoffte, dass er weitersprach.

„Ja, wir haben es geschafft, in dieselbe SEAL-Klasse zu kommen. Wir haben zusammen unsere Ausbildung absolviert.“

„Aber ihr wart nicht im selben Team, oder?“ Es war ungewöhnlich, dass drei Männer, die sich kannten, zusammen in einem Team platziert wurden. Sie hatte mit genügend Spezialeinheiten zusammengearbeitet, um das zu wissen.

„Doch“, sagte er und überraschte sie, „aber gelegentlich wird einer von uns woanders eingesetzt, wie zu der Zeit, als wir in Russland waren. Und dann hat sich Patrick beurlauben lassen, um sich um Familienangelegenheiten zu kümmern. Ich freue mich darauf, bald wieder mit ihnen zu dienen.“

„Also sind sie diese besonderen Menschen für dich?“, folgerte sie.

„Ja. Ich brauche sonst niemanden.“ Er klang abgelenkt, also sah sie ihn an. Seine Augen waren auf den Seitenspiegel gerichtet.

„Was ist?“, fragte sie, als sie seine plötzliche Anspannung spürte.

„Hinter uns ist ein SUV“, sagte er.

„Dort ist er schon seit ein paar Meilen.“ Sie hatte ihn in ihrem Spiegel gesehen, aber da sie sich auf einem viel befahrenen Highway befanden, hatte sie sich nichts dabei gedacht – und sie war von ihrer Unterhaltung abgelenkt gewesen.

„Delle im Stoßdämpfer. Maryland-Kennzeichen.“ Er ging die Details durch. „Das ist das Auto, das gestern vor meinem Haus stand.“

„Was?“ Sie setzte sich auf ihrem Platz auf und ihre Augen bewegten sich zwischen den Spiegeln hin und her, bevor sie wieder nach vorn sah. Das Fahrtraining, das sie erhalten hatte, ging ihr durch den Kopf. Einige Taktiken davon hatte sie in den letzten Wochen eingesetzt, aber jetzt war alles anders. Das Risiko war größer, weil diese Kerle bereits zu brutaler Gewalt gegriffen hatten.

„Wir müssen den SUV abschütteln“, sagte Anderson. „Nimm die nächste Ausfahrt. Ganz entspannt, so als wäre alles in Ordnung.“

Sie bog in die rechte Spur ein und musste noch eine Meile warten, bis sie den Highway verlassen konnte. „Wie lautet dein Plan?“, fragte sie und hielt ihre Stimme leise.

„Tu einfach, was ich sage“, antwortete er, als sie sich dem Ende der Ausfahrt näherten. „Okay, gib Gas und fahre zurück auf den Highway.“

Sie tat, was er verlangte, drückte das Gaspedal durch und steuerte wieder den Highway an. Der schwarze SUV, der ihr bis zu der Ausfahrt gefolgt war, musste an einer Kreuzung warten, was ihr ein wenig Zeit gab, aber als er wieder hinter ihnen auftauchte, hatte sie die Bestätigung dafür, dass sie verfolgt wurden.

„Auf die Spur ganz links“, befahl Anderson und drehte sich auf seinem Sitz um. „Schneller.“

Sie erhöhte die Geschwindigkeit, bis sie zwanzig Meilen pro Stunde über dem angegebenen Limit lag. Der schwarze SUV versuchte aufzuholen. Ein Truck bog direkt vor ihr in ihre Fahrspur ein und zwang sie zu bremsen.

„Jetzt nach rechts“, sagte Anderson.

Sie wechselte die Spur, schnitt dabei einen anderen Truck und trat aufs Gaspedal.

„Gut. Nimm die nächste Ausfahrt. Sie ist eine halbe Meile entfernt. Vielleicht gibt es dort eine Tankstelle oder einen Fast-Food-Laden, wo wir uns verstecken können, damit wir ein paar Minuten unsichtbar sind.“

Erneut wechselte sie die Spur und entschuldigte sich stillschweigend bei den anderen Verkehrsteilnehmern für ihren unberechenbaren Fahrstil. Als sie dieses Mal den Highway verließ, ignorierte sie das Stoppschild am Ende der Ausfahrt, bog scharf links ab und hielt unter einer Brücke, damit man sie vom Highway aus nicht sehen konnte, während der Verkehr über sie hinwegdonnerte.

„Gute Taktik“, sagte Anderson. „Das hast du nicht zum ersten Mal gemacht.“

„Ich habe trainiert“, sagte sie und war froh darüber, dass sie ruhig geblieben war.

„Ach ja? Ich dachte, bei dir dreht sich alles um Daten.“

„Was ich tue, hat auch eine praktische Seite.“ Der Grundkurs in Ausweichtechniken war für alle Agenten im Außeneinsatz obligatorisch, aber sie hatte danach noch einen Kurs für Fortgeschrittene besucht.

„Du meinst wohl eher eine defensive Seite“, sagte er und seine Stimme drückte Bewunderung aus. „Ich denke, wir haben sie abgeschüttelt, aber sie werden sich nicht lange täuschen lassen.“ Er tippte auf den Navigationsbildschirm seines Armaturenbretts. „Wir brauchen eine alternative Route, auch wenn sich unsere Fahrt dadurch verlängert.“

Hoffentlich bietet sie uns Schutz, fügte Violet in Gedanken hinzu. Sie war schon oft an gefährlichen Orten gewesen, aber Nate bei sich zu haben änderte alles. Sie fuhr weiter und folgte den Anweisungen des Navigationssystems, während Anderson jemanden anrief, bei dem es sich vermutlich um Rogers handelte. Eine Stunde später trugen sie Nate und das Wenige, das sie bei sich hatten, zu einem SUV-Crossover, der perfekt für das Leben in den Vororten geeignet war, bevor sie ihre Fahrt fortsetzten.

KAPITEL SECHS

Anderson erwachte, noch bevor mehr als ein schmaler Lichtstreifen am Himmel war. Er konnte einen grauen Fleck vor seinem Fenster, das zum Hinterhof hinausging, erkennen, aber er war zu müde, um sich jetzt schon zu bewegen. Es war nach Mitternacht gewesen, als sie in dem sicheren Versteck angekommen waren und das Auto ausgeladen hatten. Nate hatte die letzten zwei Stunden der Fahrt abwechselnd geweint und geschlafen, was diese Zeit doppelt so lang erscheinen ließ. Schließlich hatten sie sich auf den Weg zu einem Vorort von Nashville und zu der Unterkunft gemacht, die Rogers' Unternehmen für sie gefunden hatte.

Glücklicherweise war sie möbliert und eines der Zimmer war für ein Baby ausgestattet. Anderson war Rogers sehr dankbar und schuldete ihm wahrscheinlich mehr, als er jemals zurückzahlen konnte. Nachdem sie Nate ins Bett gebracht hatten, waren Anderson und Violet beide auf der Couch zusammengebrochen und fast aneinander gelehnt eingeschlafen. Er hatte darauf bestanden, dass sie das einzige Schlafzimmer nahm, das hergerichtet war. Er war auf der Couch geblieben, die bequemer war als der Boden, auf dem er in der Nacht zuvor geschlafen hatte.

Er hatte gerade seine Augen wieder geschlossen und gehofft, wieder einzuschlafen, als sich bei dem Kratzen eines Schuhs auf Beton alles in ihm anspannte. Jemand war vor dem Haus im Cape-Cod-Stil. Er hatte in der Nacht zuvor im Dunkeln einen Rundgang durch das Haus gemacht. Er kannte sich dort noch nicht perfekt aus, aber sein Gehör war nie fehlerhaft gewesen.

Wieder ertönten vor der Haustür kaum wahrnehmbare Geräusche, gefolgt von leisen Stimmen. Er griff nach der Waffe, die er nachts griffbereit hatte, und stand leise von der Couch auf, um sich der Tür zu nähern. Direkt daneben war eine Glasscheibe. Er hielt sich bewusst davon fern und ging stattdessen zu einem Fenster, von dem aus er einen Blick auf die Vordertreppe hatte. Als er die Vorhänge zurückzog, sah er zwei dunkle Gestalten, die gebeugt im blassen Morgenlicht standen.

Was zum Teufel war mit diesem Versteck los? Waren sie schon entdeckt worden?

Er sah noch eine Minute nach draußen, aber er erkannte keine Waffen, also konnte er die Situation genauso gut direkt angehen.

Er öffnete die Haustür und begegnete zwei Frauen, die in den Fünfzigern zu sein schienen. Sie starrten ihn mit großen Augen an, während er schnell die Lage abschätzte. Sie trugen modische Sportkleidung und sahen aus, als wären sie auf dem Weg zu den Tennisplätzen des örtlichen Country Clubs. Es war nicht das, was er erwartet hatte. Er warf einen Blick hinter sie und befürchtete, sie wären die Deckung für etwas Schlimmeres, aber er fand nichts.

„Oh … tut mir leid", sagte er, als eine der Frauen ihren Blick auf die Waffe senkte, die er hielt. Er legte sie schnell außer Sichtweite auf ein Regal. Dann bemerkte er, dass sie auf seine nackte Brust starrten. Er hatte nur in Sportshorts geschlafen. Anders als viele seiner SEAL-Kameraden war Anderson nicht tätowiert, aber er hatte Narben von Verletzungen, die er sich auf Missionen zugezogen hatte. Die Frauen starrten eine an, die als gezackte Linie über seinen Oberkörper verlief.

Plötzlich wurde ihm klar, dass er keinen guten Eindruck auf seine neuen Nachbarn machte, wenn es sich bei den beiden Frauen darum handelte.

„Ähm … hi“, sagte die größere der beiden Frauen und richtete ihren Blick auf sein Gesicht. „Ich bin Evie Walker und das ist Kelly Sams. Wir dachten, Sie möchten vielleicht ein paar Zimtschnecken.“

Anderson blickte nach unten und sah ein Tablett mit Gebäck auf den Stufen. Das erklärte wohl die gebeugten Gestalten.

„Und Kaffee“, sagte Kelly und deutete auf die Thermoskanne. „Wir dachten, Sie hatten wahrscheinlich noch keine Zeit zum Auspacken, weil Sie so spät angekommen sind. Ohne eine Tasse starken Kaffee werde ich morgens gar nicht richtig wach.“

Er starrte die Frauen an und versuchte, harmlos zu wirken, aber seine Sinne waren immer noch in Alarmbereitschaft. Diese Fremden schienen zu wissen, wann er und Violet angekommen waren. Wurden sie schon beobachtet?

„Ich wohne gleich dort drüben“, sagte Kelly und zeigte hinter sich, „und wir waren spät auf und haben uns bei einer Flasche Wein *The Crown* angesehen, als wir hörten, wie sie hier angehalten haben. Bitte, das steht alles in der Nachricht.“ Sie drückte Anderson nervös ein Blatt Papier in die Hand. Er faltete es auf und überflog die Worte, die mit ‚Willkommen in der Nachbarschaft. Genießen Sie Ihr Frühstück.‘ endeten.

„Danke“, sagte er und versuchte zu entscheiden, ob die beiden echt waren. Das war alles ein bisschen zu perfekt für seinen Geschmack. Er warf einen Blick die Straße hinunter, wo in anderen Häusern die Lichter angingen. Ein paar Leute waren bereits am frühen Morgen auf der Straße, um Sport zu treiben. Hier schien alles normal zu sein. Nicht, dass er jemals in einem Vorort gelebt hatte, aber diese Gegend sah so aus, wie die Vororte in Filmen dargestellt wurden.

„Wir dachten, es gibt nichts Schöneres als ein warmes Frühstück, um einen Umzug erträglich zu machen“, sagte Evie und nahm die Zimtschnecken von der Stufe. „Umzüge sind so anstrengend.“

„Die Zimtschnecken sind nach dem Rezept meiner Mutter. Ich habe noch nie jemanden getroffen, der sie nicht mochte“, fügte Kelly hinzu, als sie versuchte, an ihm vorbei ins Haus zu sehen. „Dieses Haus hat fast sechs Monate leer gestanden. Die letzten Mieter sind über Nacht ausgezogen und wir haben nie erfahren, was aus ihnen geworden ist. Wir hoffen, dass Sie und Ihre Familie Teil der Gemeinschaft werden.“

Anderson hatte keine Ahnung, wie er darauf reagieren sollte. Evie und Kelly waren entweder großartige Lügnerinnen oder sie wussten nicht, dass das Haus ein sicheres Versteck war, in dem wahrscheinlich alle Bewohner nur vorübergehend waren. Und Anderson hatte keinerlei Absicht, an Veranstaltungen der örtlichen Gemeinschaft teilzunehmen, was auch immer damit gemeint sein mochte. Er war in einem Wohnwagen aufgewachsen. Es hatte andere Trailer in weniger als drei Metern Entfernung gegeben, aber es war nie eine Nachbarschaft gewesen. Sogar die Stadtverwaltung hatte den Ort als Schandfleck betrachtet und kurz nachdem Anderson zur Grundausbildung aufgebrochen war, waren die Bewohner der Trailer aufgefordert waren, das Gelände zu räumen, damit dort ein Komplex mit Eigentumswohnungen gebaut werden konnte. Es hatte ihm nicht im Geringsten leidgetan um jenen Ort, aber die Realität war, dass ihm – mit diesem Hintergrund – die Fähigkeiten fehlten, um auf nachbarschaftliche Annäherungsversuche zu reagieren.

Er hätte etwas sagen sollen, aber er war sprachlos. Er öffnete gerade den Mund, um sich zu bedanken, als er eine warme Hand auf seinem Rücken spürte. Violet war wach. Er sah sie an und war unheimlich froh darüber, dass sie da war, um die Nachbarn zu begrüßen. Sie lächelte die Frauen an, als würde sie sich freuen, sie kennenzulernen. Auf der Hüfte trug sie Nate, der sich den Daumen in den Mund gesteckt hatte, und sie wirkte wie eine sorglose junge Mutter.

„Du hättest mich rufen sollen, Schatz. Ich wusste nicht, dass wir Gesellschaft haben. Guten Morgen", sagte sie zu Kelly und Evie, als würde sie jeden Tag Fremde vor ihrer Haustür finden. „Wie nett von Ihnen, uns etwas vorbeizubringen. Das riecht köstlich. Und auch noch Kaffee. Wie fürsorglich von Ihnen. Ich bin Violet und das ist mein Ehemann Anderson."

Als sie spät in der vergangenen Nacht angekommen waren, hatten sie auf dem Esstisch einen Umschlag mit neuen Ausweisen und Kreditkarten gefunden. Rogers' Unternehmen hatte ihre Vornamen mit Bedacht beibehalten und nur die Nachnamen geändert, sodass es weniger wahrscheinlich war, dass einer von ihnen sich versehentlich verriet.

„Und wer ist dieser kleine Kerl?", fragte Kelly, als Violet Nate an Anderson weiterreichte.

Anderson war froh, dass er den Jungen inzwischen besser halten konnte. Es fühlte sich nicht mehr so sonderbar an wie die ersten Male und er konnte Nate auf eine Weise an seine Brust drücken, die hoffentlich natürlich aussah.

„Ahhh …", seufzte Evie. Ihre Augen waren auf Nate und Anderson gerichtet. „Er ist so niedlich."

„Das ist unser Sohn Nate", sagte Violet. Ihr Arm legte sich um Andersons Taille und bekräftigte den Anschein, dass sie ein glückliches Paar waren.

„Wie alt ist er? Oh, er ist einfach bezaubernd", schwärmte Kelly und streckte die Hand aus, um die Füße des Babys zu kitzeln.

„Fünf Monate", antwortete Violet mit einem Lächeln.

Als Evie versuchte, Nates Wange zu streicheln, trat Anderson instinktiv einen halben Schritt zurück. Die Frauen stellten wahrscheinlich keine

Bedrohung dar, aber sie waren ihm dennoch unbekannt. Und er beschützte, was ihm gehörte.

Wie war Nate plötzlich in diese Kategorie geraten? Anderson lenkte seine Aufmerksamkeit zurück auf das Gespräch. Er konnte es sich nicht leisten, abgelenkt zu werden.

„Er kommt langsam in das Alter, wo er bei Fremden nervös wird", erklärte Violet, „und wir wollen ihn heute nicht aufregen. Gestern war …" Sie ließ den Satz unvollendet, sodass die Frauen ihre eigenen Schlüsse ziehen konnten.

„Oh ja, Umzüge sind für alle schwer, besonders für Babys", sagte Kelly sofort. „Das verstehen wir. Willkommen in der Nachbarschaft."

„Danke." Violet lächelte sie an. „Ich bin mir sicher, dass Nate in ein paar Tagen, wenn wir uns eingelebt haben, wieder bereit für Gesellschaft sein wird." Sie nahm den Kaffee und die Zimtschnecken entgegen und verabschiedete sich.

„Das war unerwartet", sagte Anderson, sobald er die Tür geschlossen hatte.

„Ja", stimmte Violet ihm zu. „Es ist noch nicht einmal sieben Uhr morgens. Was für eine Nachbarschaft ist das?"

„Ich weiß nicht, aber du hast uns zumindest ein paar Tage Frieden verschafft. Gute Idee, Nate als Ausrede benutzen."

Violet schenkte ihm ein Lächeln, das ihn daran erinnerte, warum er sich in Moskau zu ihr hingezogen gefühlt hatte. „Einer der Vorteile der Elternschaft. Ein Baby kann dabei helfen, aus schwierigen Situationen herauszukommen."

„Hoffen wir, dass es auch weiterhin funktioniert", sagte er und folgte ihr durch das Haus in die Küche. Er war immer noch verunsichert über den Besuch. Er war nicht daran gewöhnt, dass Menschen freundlich und einladend waren. Vielleicht waren sie harmlos, aber es beunruhigte ihn. „Ich werde mir die Sicherheitsmaßahmen im Haus näher ansehen." Sie hatten es mithilfe einer Geheimzahl betreten, die Rogers ihm per SMS geschickt hatte, aber das schien kein ausreichender Schutz zu sein.

„Bereitet dir etwas Sorgen?", fragte Violet und nahm Nate von ihm entgegen, als das Baby nach ihr griff.

„Nicht wirklich. Ich bin nur vorsichtig."

„Das kann ich dir kaum zum Vorwurf machen", sagte sie mit einem weiteren Lächeln, bei dem ihm fast das Herz stehen blieb. „Aber lass uns zuerst essen. Das riecht herrlich." Sie zeigte auf die Zimtschnecken, die sie auf die Theke gestellt hatte. Während sie Nate perfekt im Gleichgewicht hielt, fand sie Teller und Kaffeetassen in den Schränken. „Hier ist alles, was wir brauchen."

Das schien zu stimmen, aber er wollte es sich nicht zu bequem machen. Das führte nur zu Selbstzufriedenheit, die für alle gefährlich war. Nach dem Frühstück würde er eine gründliche Risikoanalyse des Hauses, des Gartens und der Nachbarschaft durchführen. Er hätte gewettet, dass Rogers' Unternehmen dies bereits getan hatte, aber er war noch nie jemand gewesen, der sich auf die Arbeit anderer verließ.

Und wenn er Sicherheitslücken fand, würde er dafür sorgen, dass sie sofort geschlossen wurden.

KAPITEL SIEBEN

Anderson ließ sich neben Violet auf der Couch nieder und wartete darauf, dass das Videobild auf dem Laptop erschien. Sie wollten mit Rogers sprechen und damit beginnen, einen Ausweg aus ihrer Situation zu finden. Nate griff nach Andersons Arm und hinterließ eine feuchte Spur auf seiner Haut. Der Junge saß auf Violets Schoß und kaute sabbernd an einem Plastikring.

„Er zahnt", erklärte Violet und wischte mit einem Waschlappen den Speichel von Nates Kinn.

„Also ist er deshalb wie ein undichter Wasserhahn." Anderson gewöhnte sich daran, mit einem Baby zusammen zu sein, aber es war Neuland. Am Vortag hatte er nervös über Nates Nickerchen gewacht, während Violet zu einem Geschäft geeilt war, um Lebensmittel und Babysachen zu kaufen. Sie war mit unzähligen Tüten voller Dinge zurückgekehrt, die sie in den Schubladen und Schränken des sicheren Hauses verstaut hatte. Violet war organisiert, was er sehr schätzte.

„Laut den Büchern und meiner Mutter ist das der Grund", sagte sie. „Wir können davon ausgehen, dass es noch eine Weile so bleibt."

„Großartig", murmelte Anderson und sie stieß mit ihrem Knie gegen sein Bein.

„Babys sind nun einmal so." Sie sah ihn streng an.

„Wenn du meinst", sagte er, als Rogers auf dem Bildschirm erschien. Es war fünf Jahre her, seit er Lt. Commander Dan Rogers zuletzt gesehen hatte, aber er hatte sich nicht verändert. Seine Haare waren etwas grauer geworden, aber seine Augen hatten immer noch das durchdringende Blau, an das sich Anderson aus seinen frühen Tagen als SEAL erinnerte. Er war Rogers' Team zugewiesen worden und der ältere Mann hatte ihn auf Herz und Nieren geprüft. Selbst jetzt noch verspürte er den Drang, strammzustehen und zu salutieren.

„Freut mich, Sie zu sehen, Anderson", begann Rogers.

„Danke, Sir. Ich freue mich auch, Sie zu sehen. Ich weiß Ihre Hilfe zu schätzen."

„Ich weise niemals einen SEAL-Kameraden in Not ab." Rogers richtete seine Aufmerksamkeit auf Violet. „Sie müssen Violet DiPaula sein."

„Commander Rogers. Es ist schön, Sie kennenzulernen", sagte Violet und schenkte Andersons ehemaligem Kommandanten ein Lächeln. „Danke, dass Sie eine Unterkunft für uns gefunden haben."

„Kein Problem", antwortete Rogers. „Ich habe den Bericht gelesen, den mein Mitarbeiter zusammengestellt hat, aber es wäre wohl am besten, Sie erzählen mir alles selbst, von Ihrer gemeinsamen Zeit in Russland bis jetzt."

In den nächsten dreißig Minuten berichteten Anderson und Violet abwechselnd über ihre Mission, den Datendiebstahl in Violets Behörde, die Drohungen gegen sie und den Angriff, der sie zur Flucht veranlasst hatte. Rogers nickte und stellte gelegentlich relevante Fragen.

„Das stimmt mit allem überein, was ich herausfinden konnte", sagte Rogers, als sie fertig waren. „Ich mache mir Sorgen, dass das Datenleck nicht vollständig behoben wurde, auch wenn das möglicherweise beabsichtigt ist."

„Was?", sagte Anderson und warf Violet einen Blick zu. Sie schien von dieser Information nicht überrascht zu sein. Ein absichtliches Datenleck? Was für ein Idiot würde das zulassen?

Sie zuckte mit den Schultern. „So ist das bei der Geheimdienstarbeit. Manchmal lassen wir einen Weg offen, um zu sehen, wohin er führt."

„Soweit ich das beurteilen kann, ist genau das passiert", bestätigte Rogers. „Das bedeutet, dass sich keiner von Ihnen bei einem der Systeme anmelden darf, auf die Sie Zugriff haben. Alles, was Sie dort tun, könnte nachverfolgt werden und die Angreifer direkt zu Ihnen führen."

„Das habe ich erwartet." Violet wiegte Nate auf ihrem Schoß und tauschte geschickt den Ring gegen ein anderes Spielzeug.

„Also müssen Sie jetzt abwarten und uns unsere Arbeit machen lassen. Sobald ich mehr weiß, schicke ich Ihnen die Informationen als verschlüsselte Dateien oder auf eine andere Art. Was auch immer am sichersten zu sein scheint."

„Ich bin Ihnen wirklich sehr dankbar, Sir", sagte Anderson.

„Ich melde mich wieder." Rogers beendete den Anruf und einen Moment lang war es still im Zimmer.

„Können wir wirklich gar nichts tun?", fragte Anderson. Er hasste es, herumzusitzen und darauf zu warten, dass etwas passierte. Er war jemand, der dazu neigte, die Initiative zu ergreifen und eine Situation voranzutreiben. Und ehrlich gesagt war ihm langweilig. In den zwei Tagen, die sie in dem sicheren Haus verbracht hatten, hatte er sich jeden Quadratzentimeter des Gebäudes und des Gartens eingeprägt, einschließlich allem, was er als Schwachstelle in der Verteidigung des

Hauses betrachtete. Er hatte die Kameraeinstellungen des Sicherheitssystems angepasst und eine Fehlerdiagnose durchgeführt. Er hatte gehofft, das Gespräch mit Rogers würde ihm eine Richtung vorgeben, der er folgen konnte.

„Doch, das können wir", sagte Violet und stand mit dem Baby im Arm auf. „Wir müssen Abendessen machen und ich habe ein Angebot für dich. Ich werde kochen, wenn du diesen kleinen Kerl unterhältst." Sie tippte Nate auf die Nase und brachte ihn zum Kichern.

Anderson zögerte. In den letzten zwei Tagen hatte er erfahren, dass Babys einer Art Zyklus unterlagen. Die Reihenfolge war unterschiedlich, aber er enthielt fünf Grundelemente: Essen, Kacken, Spielen, Weinen, Schlafen. Zum Glück war das Weinen seit ihrer Ankunft minimal gewesen, aber die anderen vier Verhaltensweisen waren ausschlaggebend für den Tagesablauf. Anderson hatte sich daran gewöhnt, sich um Nate zu kümmern, und es sogar geschafft, eine Windel zu wechseln, während Violet unter der Dusche war. Er hatte es als eine Aufgabe angesehen, die erledigt werden musste, und es hätte großartig funktioniert, wenn Nate seine Zeit auf dem Wickelkissen nicht als Gelegenheit betrachtet hätte, mit den Beinen zu strampeln und sich zu winden. Trotzdem hatte Anderson die Herausforderung ohne Zwischenfälle bewältigt und einen Sieg errungen.

„Du schaffst das", sagte Violet. „Ich bin nebenan. Wenn du willst, können wir ein Codewort vereinbaren, das du schreist, wenn du Hilfe brauchst." Er erinnerte sich nicht daran, dass sie ihn so geneckt hatte, als sie in Moskau zusammengearbeitet hatten. Damals hatte sich alles um ihren Auftrag und die Spannung zwischen ihnen gedreht. Ein gemeinsames Kind zu haben hatte ihre Dynamik verändert.

„Was gibt es zum Abendessen?", fragte er.

„Hähnchenfilets Florentiner Art mit Wildreis. Ich könnte sogar ein Dessert zaubern."

„Okay." Anderson griff nach seinem Sohn. „Ich nehme ihn." Bei dem Gedanken an das Essen lief ihm das Wasser im Mund zusammen. Er konnte sich allein um Nate kümmern, wenn ihm als Belohnung eine gute Mahlzeit in Aussicht gestellt wurde.

Violet küsste Nates Stirn und setzte ihn auf Andersons Schoß, bevor sie in die Küche ging.

„Jetzt sind wir auf uns gestellt, Junge. Du musst versprechen, brav zu sein", sagte Anderson.

Nate schenkte ihm ein zahnloses Grinsen und plapperte zusammenhanglos vor sich hin. Zumindest weinte er nicht, als seine Mutter wegging. Das war ein Anfang. Anderson legte das Baby auf die Decke auf dem Boden des Wohnzimmers und stützte es mit einem speziellen Kissen. Violet hatte einen Namen für das Donut-förmige Ding, aber er konnte sich nicht daran erinnern, wie er lautete.

Anderson zog den Spielzeugkorb näher und fand einen Ball. Er reichte ihn Nate, der den Ball über sein Gesicht rieb, bevor er ihn beiseite warf. Anderson holte den Ball zurück und gab ihn an Nate weiter, der die Aktion umgehend wiederholte.

„Okay, also kein Ball. Lass uns etwas anderes ausprobieren." Anderson holte drei Becher aus dem Korb, die ineinander verschachtelt waren. „Sieh dir das an, Kumpel." Er zeigte dem Baby, wie die Becher zusammengesteckt und getrennt werden konnten und gab Nate zwei davon zum Spielen. Nate schlug sie gegeneinander und Anderson zuckte bei dem Lärm zusammen. „So war das nicht gedacht."

Als Anderson versuchte, dem Jungen die Becher aus den Händen zu nehmen, ragte Nates Unterlippe hervor, was Anderson bereits als Vorläufer eines Schreianfalls erkannte. Anderson ließ hastig die Becher los. „Oh Gott, ich wünschte, du könntest sprechen", sagte er. „Das würde alles einfacher machen." Nate schlug wieder die Becher gegeneinander und kicherte.

„Ja, das ist lustig für dich, aber ich habe keine Ahnung, was ich tun soll.“ Er fuhr sich mit der Hand durch die Haare. „Verdammt, ich spreche sieben Sprachen und kann nicht mit meinem eigenen Kind kommunizieren.“ Anderson betrachtete den Jungen. „Vielleicht gibt es einen anderen Weg.“ Während seiner Online-Recherche über Babys in den letzten Tagen war Anderson auf einen Artikel gestoßen, in dem es darum ging, Kindern Gebärdensprache beizubringen. Der Artikel hatte sich auf Kleinkinder konzentriert, aber es war einen Versuch wert. „Okay, pass auf.“

Anderson sagte mehrmals ‚Hallo‘, indem er seine Hand in einer salutartigen Geste zu seinem Kopf führte. Nate sah zu und wiegte sich gegen sein Kissen, aber er unternahm keinen Versuch, die Bewegung nachzuahmen. „Lass uns etwas anderes ausprobieren. Wie wäre es mit ‚Ja‘?“ Anderson ballte die Hand zur Faust und bewegte sie vor und zurück, aber ohne Erfolg. Zumindest unterhielt er Nate, der ihn vergnügt beobachtete. „Ich habe das Gefühl, du genießt meine verzweifelten Erziehungsversuche. Ich dachte, das machen nur Teenager.“

Anderson nahm sich eine Minute Zeit, um die Lage neu zu bewerten. „Vielleicht funktioniert es, wenn ich dir helfe.“ Er nahm die Hände des Babys in seine und versuchte, seine Finger zu bewegen, um die Worte zu formen. „Sieh mal, du musst deine Finger alle beugen.“ Anderson achtete darauf, sanft zu sein, als er die Hände des Jungen bewegte. „Okay, das ist besser.“ Er ließ Nates Hände los, nachdem er seine Finger in die richtige Position gebracht hatte. „Jetzt versuchst du es allein.“ Anderson beugte sich näher zu dem Baby und hoffte, dass sein Unterricht etwas bewirkt hatte, aber Nate wackelte nur mit den Händen und lachte. Anderson musste lächeln. „Okay, ich akzeptiere meine Niederlage. Du bist noch zu klein.“

„Zu klein wofür?“, fragte Violet an der Tür, die zur Küche führte.

Anderson spürte, wie sein Gesicht heiß wurde. Er hatte kein Publikum erwartet. „Ich habe versucht, ihm Gebärdensprache beizubringen. Ich dachte, es könnte die Kommunikation erleichtern, aber es funktioniert nicht.“ Er zog Nate auf seinen Schoß und lehnte sich an die Couch zurück.

„Er wird es irgendwann begreifen. Du solltest es weiter versuchen.“

Als sie ihn ansah, wurde beiden die Bedeutung ihrer Worte klar. Anderson würde ‚irgendwann‘ nicht mehr da sein. Wenn sie nicht in dieser Situation wären, hätte Anderson mit keinem von beiden etwas zu tun gehabt.

„Vielleicht könntest du es mir beibringen“, schlug sie vor und brach die angespannte Stille, „und ich werde das Wissen an ihn weitergeben, wenn er älter ist.“ Sie setzte sich Anderson gegenüber hin. „Wir haben noch Zeit, bevor das Abendessen fertig ist.“

„Bist du sicher?“, fragte Anderson.

„Natürlich. Ich bin immer gern bereit, eine neue Sprache zu lernen. Vielleicht hole ich dich irgendwann ein.“ Sie lächelte. Ihre Sprachkenntnisse waren seinen ebenbürtig, aber sie hatten in diesem Punkt immer miteinander konkurriert. „Ich brauche nur noch eine weitere, wenn du mir Gebärdensprache beigebracht hast.“

Er nickte und zeigte ihr einige grundlegende Begrüßungen. Dann brachte er ihr bei, wie man sich vorstellte und nach dem Namen von jemandem fragte. Nate griff spielerisch nach Andersons gestikulierenden Händen, bevor er an ihn gelehnt einschlief.

Ein Piepton aus der Küche unterbrach sie. „Das ist der Timer des Ofens.“ Violet erhob sich anmutig vom Boden. Wie konnte sie das so einfach aussehen lassen?

Anderson setzte sich in Bewegung. „Ich werde dir helfen …“

„Bitte nicht“, sagte sie mit leiser Stimme und ließ ihn innehalten. „Er hat heute keinen Mittagsschlaf gemacht und muss sich jetzt wirklich ausruhen. Lass ihn bei dir bleiben. Ich bringe dir deinen Teller. Bier?“

„Ja, gern.“ Er sah zu, wie sie den Raum verließ, und genoss den Anblick ihrer sanft wogenden Hüften und die Art, wie sie ihre Haare über ihre Schultern strich. Mit ihr hier zu wohnen erinnerte ihn ständig an die Anziehungskraft, die sie in Moskau zusammengebracht hatte. Sie übte einen Reiz auf ihn aus, der sich von seiner Reaktion auf andere Frauen unterschied, was er verwirrend und irritierend fand. Er wollte keine Beziehung zu ihr oder sonst jemandem, aber etwas an ihr ließ ihn nicht los.

Ein paar Minuten später kehrte sie mit zwei Tellern und einer Flasche Bier in der Armbeuge zurück. Er nahm ihr das Bier ab, wusste aber nicht, wie er einen Teller und eine Gabel halten sollte, wenn Nate einen seiner Arme umklammert hatte.

„Vielleicht kann ich es schaffen, wenn du mein Essen kleinschneidest“, sagte er, nachdem er einen Schluck von dem Bier getrunken und es beiseitegestellt hatte.

„Ich kann dich füttern.“ Sie setzte sich ihm gegenüber, nah genug, dass ihre Knie zusammenstießen.

„Was?“ Seine Herzfrequenz stieg. Das wäre viel zu intim. „Nein, das musst du nicht. Ich kann später essen.“

„Vertraust du mir nicht?“ Sie lächelte ihn spöttisch an. „Ich verspreche, dass ich nichts verschütte.“

„Darum habe ich mir keine Sorgen gemacht.“

„Worum dann?“ Ihr Gesichtsausdruck war unschuldig. „Ich bin verletzt, wenn du dieses Rezept nicht probierst. Es ist ein Favorit von mir.“

„Es riecht gut“, gab er mit einem Blick auf den Teller zu.

„Probiere es.“ Sie führte eine Gabel Hühnchen und Reis an seinen Mund. „Aufmachen.“

Wie ein Kind gehorchte er und ließ sich von ihr mit dem köstlichen Essen füttern. Sie ließ sich Zeit und wechselte immer wieder die Gabel für ihn und für sich, sodass beide das Essen genießen konnten. Sie redeten nicht viel, um das schlafende Baby nicht zu stören. Als beide Teller leer waren und er sein Bier getrunken hatte, kam sie ihm so nah, dass ihr Gesicht nur Zentimeter von seinem entfernt war.

„Du hast da etwas Soße …“ Sie strich mit ihrem Finger über seine Unterlippe und ihre Augen trafen seine. In ihren Augen leuchtete ein Licht, das er nur als Verlangen deuten konnte. Sie streichelte seine Wange mit einer Zärtlichkeit, die ihn überraschte. „Anderson?“ Das Wort hatte tausend Bedeutungen, aber es gab nur eine Antwort darauf.

Er ergriff ihre Hand und küsste ihre Fingerspitzen, ohne den Augenkontakt mit ihr zu unterbrechen. Als er hörte, wie ihr Atem stockte, lächelte er sie an. „Küss mich“, sagte er.

Sie hob eine Augenbraue und er dachte, sie würde sich vielleicht zurückziehen, aber dafür war sie zu furchtlos. Eine Sekunde verging, bevor sie ihre Lippen auf seine drückte und ihre Hände um seinen Hals legte. Der Kuss war langsam und sanft, im Gegensatz zu den Küssen, die sie bisher geteilt hatten. Sie stieß ein kaum hörbares Seufzen aus, aber es machte etwas mit ihm und er wollte seine Arme um sie legen und sie auf den Boden ziehen.

Aber das Baby … Nate regte sich und Anderson brach den Kuss ab. Der Junge streckte sich, als er aufwachte, und konzentrierte sich auf seine Mutter. Sein rundes Gesicht verzog sich zu einem Lächeln.

„Hi, Baby, hast du gut geschlafen?“ Violets Stimme war immer noch kehlig von dem Kuss. Sie legte eine Hand auf Andersons Schulter und die andere auf den Kopf des Babys.

Es war ein persönlicher Moment, ein Familienmoment. Anderson spürte, wie Panik in seiner Brust aufstieg. Dafür war er nicht geeignet.

„Nimm du ihn“, sagte er und schob Nate zu Violet. „Ich mache den Abwasch.“

Er blickte zu ihrem Gesicht und erwartete, dass sie von seiner plötzlichen Flucht verletzt sein würde, aber alles, was er sah, war Mitleid. Und irgendwie war das tausendmal schlimmer.

KAPITEL ACHT

Am nächsten Morgen folgte Anderson dem Duft von frisch gebrühtem Kaffee in die Küche. Violet saß mit Nate auf dem Schoß am Tisch. Sie hatte einen Arm um das Baby gelegt und ließ es auf ihrem Bein hüpfen, um es beschäftigt zu halten, während sie etwas auf dem Laptop-Bildschirm las.

„Im Kühlschrank ist Obstsalat“, verkündete sie und sah mit einem Lächeln auf, „und Joghurt.“

„Du bist schon eine Weile wach“, sagte er, als er sich Kaffee einschenkte und ihre Tasse auffüllte. Er hatte am Vorabend nach ihrem Kuss die Küche aufgeräumt, um etwas zu tun zu haben, denn es war besser, wenn er nicht zu viel darüber nachdachte. Er hatte nicht gewusst, dass ein Kuss so leidenschaftlich und zugleich so sanft sein konnte. Es hatte ihn auf eine ziemlich angenehme Weise erschreckt, aber es war neues Territorium und er fühlte sich unsicher. In der Nacht hatte er viel Zeit damit verbracht, an die Decke des kleinen Schlafzimmers zu starren, das er für sich eingerichtet hatte. Bei Tageslicht musste er das gemeinsame Abendessen und den Kuss aus seinem Kopf verbannen – sonst würde es noch schwieriger werden, mit Violet Familie zu spielen, als es bereits war.

„Dieser kleine Kerl“, sagte sie und kitzelte Nates Fuß, „hat entschieden, dass vier Uhr morgens Zeit zum Aufstehen ist.“

„Tut mir leid“, murmelte Anderson, der sich irgendwie für das Verhalten seines Sohnes verantwortlich fühlte. „Du hättest mich wecken können.“

Sie zuckte mit einer Schulter. „Ich bin daran gewöhnt und es hat mir die Möglichkeit gegeben, mich durch diese Daten zu arbeiten.“ Eine verschlüsselte Festplatte war am späten Abend per Kurier eingetroffen. Sie war jetzt mit dem Laptop verbunden und Violet wechselte ständig zwischen den Registerkarten, während sie das Material durchging.

„Hast du etwas herausgefunden?“, fragte er.

„Noch nicht. Das wird eine Weile dauern. Rogers hat in kurzer Zeit eine Menge Informationen gesammelt.“

„Darin ist er gut. Willst du, dass ich Nate nehme?“ Er hatte beschlossen, alles zu tun, um ihr zu helfen und sie beide so schnell wie möglich aus dieser Situation herauszuholen. Dann konnte er über seine Beziehung zu ihr und Nate nachdenken. Die Panik über die Vaterrolle hatte nicht nachgelassen. Trotzdem verspürte er eine unerwartete Bereitschaft, Nate zu unterstützen.

Violet küsste den Kopf des Babys. „Ich komme zurecht. Hole dir dein Frühstück. Danach ist Nate wahrscheinlich für ein morgendliches Nickerchen bereit.“

Anderson stellte einen Teller mit Obst, Müsli und Joghurt zusammen und aß, während Violet arbeitete. Er unterbrach sie nicht, wohl wissend, dass sie sich in der Stille am besten konzentrieren konnte. Er hatte sich während ihres Einsatzes in Moskau an ihre Eigenarten gewöhnt. Wenn er redete oder auch nur zu laut aß, hatte sie ihn finster angestarrt. Er hatte diesen Gesichtsausdruck in jenen Wochen sehr oft gesehen … aber sie war anscheinend nachsichtiger geworden.

War das die Mutterschaft? *Vielleicht*, entschied er, als sie Nate bei Laune hielt, indem sie seinen Bauch kitzelte oder leise murmelte, wenn er unruhig wurde.

Sie hatte alles unter Kontrolle und es gab nichts, was er mehr hasste, als sich nutzlos zu fühlen. Weder sie noch Nate schienen ihn zu brauchen und es könnte Stunden dauern, bis sie bereit war, ihre Projektionen mit ihm zu besprechen. Er brauchte eine Aufgabe, um die Zeit zu überbrücken. Er warf einen Blick aus dem Küchenfenster in den Garten. Eine wuchernde Hecke, aus der kleine Äste in seltsamen Winkeln herausragten, erregte seine Aufmerksamkeit. Sie könnte einen Schnitt vertragen. Er erinnerte sich daran, im Schuppen Gartenwerkzeuge gesehen zu haben. Ein von Rogers‘ Unternehmen angeheuerter Gärtner mähte den Rasen, aber es gab andere Arbeiten, die Anderson draußen erledigen konnte.

„Ich werde im Garten arbeiten“, sagte er und erhob sich von seinem Platz.

„Hm? Sicher.“ Violets Augen richteten sich nur flüchtig auf ihn.

„Schrei, wenn du mich brauchst oder wenn du etwas Interessantes herausfindest.“ Mit einem letzten Blick auf sie ging er durch die Tür zum Geräteschuppen. Gartenarbeit wäre perfekt. Er würde ungeduldig werden, wenn er im Haus blieb, und es war gut für ihre Tarnung.

Er hatte auf seinen Spaziergängen durch die Nachbarschaft bemerkt, dass die Rasenflächen sorgfältig gepflegt waren. Die Männer hier schienen regelrecht in einem Wettbewerb zu stehen und verbrachten ihre Zeit nach der Arbeit damit, ihre Gärten zu pflegen. Er sah sich die Werkzeuge an und konnte die meisten identifizieren. Obwohl er seit einem Jahr ein Haus in Hartsville besaß, war er fast die ganze Zeit auf

Missionen gewesen, also hatte er einen Gärtner damit beauftragt, den Rasen zu mähen.

Er hatte es jedoch immer selbst tun wollen. Das war sein Plan gewesen, als er das Haus gekauft hatte. In seiner Kindheit hatte es niemanden gegeben, der ihm zeigte, wie man das machte – und auch keinen Garten –, aber sein Interesse daran war durch YouTube-Videos und HGTV geschürt worden. *Das ist meine Chance*, dachte er, als er sich die Gartenschere schnappte und zu der Hecke ging, die den Garten des sicheren Hauses vom Nachbargrundstück trennte.

Die Sonne stieg höher am Himmel und der Tag wurde wärmer, während Anderson arbeitete, aber es machte ihm nichts aus. Die Hecke unter Kontrolle zu bekommen führte zu anderen Aufgaben. Nach dem Mittagessen jätete er Unkraut in dem ehemaligen Gemüsegarten und stutzte die Rasenkante am Bürgersteig mit einem Trimmer.

Am späten Nachmittag betrachtete er gerade den tief hängenden Ast einer Eiche, als ein Mann aus dem Nachbarhaus trat und auf ihn zuging. Anderson wurde automatisch wachsam, aber es schien unwahrscheinlich, dass ein Feind die Nachbarschaft weit genug infiltriert hatte, um dort zu wohnen. Während er vorsichtig blieb, erwiderte er das freundliche Lächeln des Mannes.

„Hi, ich bin Jeff Yates“, sagte der Mann, der immer noch Anzug und Krawatte von der Arbeit trug, mit ausgestreckter Hand.

„Anderson Lee. Freut mich, Sie kennenzulernen.“ Er schüttelte ihm die Hand.

„Alle hier sind froh, dass dieses Haus endlich wieder bewohnt ist. Mieten Sie es?“

Anderson hatte diesen Teil nicht durchdacht, aber es ergab Sinn für seine und Violets Tarnung. „Ja.“

„Das habe ich mir schon gedacht, weil es nie zum Verkauf angeboten wurde.“ Jeffs Blick schweifte über den Vorgarten. „Sie haben heute viel getan.“

„Ja, ich hatte etwas Freizeit. Ist dieser Baum dort auf Ihrer Seite der Grundstücksgrenze oder auf meiner?“ Anderson deutete auf die Eiche.

„Technisch gesehen auf Ihrer“, sagte Jeff. „Er muss geschnitten werden.“

„Das denke ich auch.“ Die Zweige der Eiche kratzten an beiden Häusern. Das Geräusch hatte Anderson in ihrer ersten Nacht hier geweckt und er war draußen herumgeschlichen, bis er die Ursache dafür gefunden hatte.

„Ich kann Ihnen helfen, wenn Sie wollen“, bot Jeff an. „Zu zweit wird es nicht lange dauern.“

Anderson zögerte nur eine Sekunde. Hilfe anzunehmen war für ihn nicht einfach, aber dies schien eine gute Gelegenheit zu sein, um mehr über die Nachbarschaft zu erfahren. „Das wäre großartig.“

„Ich gehe mich umziehen und hole meine Säge“, sagte Jeff auf dem Weg zu seiner Garage.

Gemeinsam schnitten Anderson und Jeff den Baum, während Jeff über die Menschen plauderte, die in der Nachbarschaft wohnten, und über die Zusammenkünfte, die sie manchmal hatten. Das alles war fremd für Anderson, der in der zivilen Welt nie dieses Gemeinschaftsgefühl gekannt hatte. Seine Vergangenheit hatte ihn gelehrt, anderen zu misstrauen, besonders wenn sie übermäßig nett wirkten, aber er spürte keine negativen Schwingungen bei Jeff.

„Hallo, Mr. Conklin“, sagte Jeff zu einem älteren Mann mit einem breitkrempigen Strohhut, der den Bürgersteig herunterkam, und stellte dann Anderson vor.

„Ich habe gesehen, wie Sie die Erde im Gemüsebeet umgegraben haben“, sagte der Neuankömmling. „Ich dachte, Sie brauchen vielleicht Samen.“ Mr. Conklin drückte Anderson ein paar Samenpäckchen in die Hand. „Denken Sie daran, sie nach dem Einpflanzen leicht zu gießen. Bye.“

Anderson starrte dem Mann nach und Jeff lachte. „Ich war auch nicht an so freundliche Leute gewöhnt, als ich hierher gezogen bin. Ich bin an einem Ort aufgewachsen, an dem es unklug war, Augenkontakt herzustellen, aber hier in den Vororten ist das anders.“

„Sieht ganz so aus“, stimmte Anderson ihm zu.

„Man gewöhnt sich daran“, sagte Jeff, aber Anderson wusste, dass er nicht lange genug hier sein würde, um das zu tun. Er und Violet würden weiterziehen, sobald die Bedrohung neutralisiert war – oder das sichere Haus kompromittiert wurde.

„Ja. Ich denke, das werde ich auch. Danke für Ihre Hilfe.“ Anderson hielt die Samen hoch. „Ich säe sie besser schnell aus.“

„Bis später.“

Nachdem Jeff gegangen war, kehrte Anderson in den Garten zurück und begann, Reihen für die verschiedenen Samen zu ziehen. Salat, Karotten, grüne Bohnen … Es war egal, dass er nicht hier sein würde, um die Ernte zu essen. Durch das Anlegen eines Gartens fühlte er sich mit diesem Ort verbunden. Das war kein Gefühl, das ihm vertraut war, aber es gefiel ihm.

Als er mit der Aussaat einer Reihe Bohnen fertig war, hörte er, wie die Hintertür zuschlug. Violet kam mit Nate auf der Hüfte und einem grimmigen Gesichtsausdruck auf ihn zu. Er spannte sich an. Etwas stimmte nicht.

„Was ist?“, fragte er.

Sie seufzte und setzte Nate zu ihren Füßen ins Gras, bevor sie antwortete. „Basierend auf dem, was ich herausgefunden habe, ist unsere Lage schlimmer als gedacht. Ich habe allerdings die Befriedigung, mit einer Sache recht gehabt zu haben.“

„Und die wäre?“ Er sah sich kurz um, um sicherzustellen, dass niemand sie belauschen konnte.

„Wir sind beide ins Visier genommen worden. Es war kein Zufall, dass der Angriff erfolgte, als wir zusammen waren. Das eigentliche Problem ist, dass der Riss im Sicherheitsnetzwerk meiner Behörde größer ist, als ich mir vorgestellt hatte. Der Diebstahl betraf nicht nur wenige Daten, sondern jede Menge klassifizierter, kompromittierender Informationen.“ Sie musste nicht hinzufügen, dass sie beide völlig exponiert waren. Das war offensichtlich. „Ich habe Rogers‘ Männer benachrichtigt und sie gebeten, ein paar Hinweisen für mich zu folgen. Davon abgesehen stecke ich fest.“ Sie fuhr sich frustriert mit der Hand über das Gesicht.

„Wie wäre es, wenn du deine Vorgesetzten benachrichtigst?“, schlug er vor, obwohl ihm die Idee nicht wirklich gefiel.

„Darüber wollte ich mit dir sprechen“, sagte sie. „Ich denke, es ist ein zu großes Risiko, sie zu kontaktieren.“

„Das denke ich auch.“ Je mehr Menschen wussten, wo sie waren, desto größer war die Gefahr. Wäre nur er betroffen gewesen, hätte es ihn nicht sonderlich interessiert. Wenn es nach ihm ging, würde er den Feind absichtlich reizen, um die Situation an einen Wendepunkt zu bringen, aber das konnte er nicht, solange Violet und Nate seinen Schutz brauchten. Violets Sicherheit in Moskau zu gewährleisten war eine Herausforderung gewesen, auch wegen der Chemie zwischen ihnen. Nates Anwesenheit änderte jedoch alles. „Also haben wir jetzt alles getan, was wir tun können.“

„Stimmt", sagte sie, aber ihre starre Körperhaltung ließ nicht nach. Sie brauchte etwas, um sie von ihrem Problem abzulenken.

„Willst du mir helfen, den Rest dieser Samen auszusäen?" Er hatte noch zwei Päckchen übrig und hielt sie hoch. „Wir haben Kürbisse und Zuckermais."

„Ich habe noch nie etwas davon angebaut." Ein kleines Licht kehrte in ihre Augen zurück. „Meine Mutter und ich hatten in meiner Kindheit einen Kräutergarten. Ich habe vor, das Gleiche mit Nate zu machen. Es ist wichtig zu verstehen, woher das Essen kommt."

Anderson hatte nie daran gedacht, aber es ergab Sinn. Es half dabei, die Verbindung herzustellen, die er gefühlt hatte, als er mit Jeff den Baum geschnitten hatte. Wenn er einkaufen ging, würde er Kräutersamen besorgen und vielleicht direkt hinter der Terrasse ein kleines Beet anlegen, wo man sie bequem zum Kochen ernten könnte. Er warf einen Blick zum Haus und suchte sich in Gedanken eine geeignete Stelle aus. Er wollte Violet gerade von seinem Plan erzählen, als ihm die Realität bewusst wurde.

Sie würden nicht mehr hier sein, um zu sehen, wie die Samen mehr als Sprossen wurden, weil nichts davon echt war. Er hatte keine wirkliche Beziehung zu Violet oder Nate. Dies war nicht sein Haus und auch nicht sein Garten. Es war alles eine Täuschung, um einer Bedrohung für ihr Leben zu entgehen. Seine gute Laune und das Gefühl, hier heimisch zu sein, verschwanden augenblicklich.

Er sah rechtzeitig nach unten, um zu sehen, wie Nate eine Handvoll Erde vom Rand des Beets aufhob und über sein Gesicht schmierte.

„Halt!", schrie Anderson. Das Baby blickte auf und Tränen traten in seine Augen. „Er hat Dreck gegessen!"

Violet fiel neben dem Kind auf die Knie und nahm es auf ihren Schoß. „Oh-oh", sagte sie liebevoll und offenbar unbeeindruckt. „Keinen Dreck essen, kleiner Mann."

„Sollen wir anrufen …“ Anderson hatte keine Ahnung, wen er anrufen sollte. Einen Arzt, das Krankenhaus, den Giftnotruf?

„Es geht ihm gut“, sagte sie und kicherte dann.

Was zum Teufel war so lustig? Anderson kniete sich neben sie und sah den Gesichtsausdruck seines Sohnes. Nate hatte den Mund weit geöffnet und sein Gesicht verzog sich angeekelt.

„Das schmeckt nicht gut, hm?“ Violet wischte seinen Mund mit ihrem Finger aus und benutzte den Saum ihres T-Shirts, um den Schmutz von seinem Gesicht zu entfernen.

„Ist alles okay?“ Andersons Herzfrequenz sank langsam, aber er hatte immer noch das Bedürfnis, irgendwelche Maßnahmen zu ergreifen.

„Es ist nur Dreck“, sagte sie, bevor sie sich an das Kind wandte. „Meine Grandma hat immer gesagt: ‚Gott hat Dreck gemacht und Dreck tut nicht weh‘ … auch wenn er widerlich schmeckt.“

Nate schenkte ihr ein Lächeln. Er hatte seine Verärgerung vergessen und genoss die Aufmerksamkeit, die Violet ihm entgegenbrachte. Anderson hatte so etwas nie gehabt. Er hatte nie eine Mutter gehabt, die ihn tröstete und wusste, was zu tun war. Seine Mutter hatte ihn als jemanden betrachtet, der ihr Bier aus dem Kühlschrank holen konnte, damit sie nicht aufstehen musste. Davon abgesehen war er eine verdammt große Unannehmlichkeit gewesen. Sie hatte nie ein blutiges Knie verbunden oder eine Schulveranstaltung besucht.

Wie viel einfacher musste es für ein Kind mit fürsorglichen Eltern sein. Anderson hatte sich immer selbst um seine Probleme kümmern müssen, was ihn gezwungen hatte, von klein auf hart im Nehmen zu sein. Er hatte überlebt und sich gut geschlagen, aber es war nichts, was er anderen Kindern wünschte.

Nate hatte Glück, Violet zu haben. Anderson spürte, wie bei ihrer mütterlichen Art Wärme und Ruhe in ihm aufstiegen. Nate würde immer jemanden haben, auf den er sich verlassen konnte.

„Ich bade ihn besser“, sagte sie und erhob sich mit Nate in ihren Armen.

„Ich mache hier fertig und helfe dir dann im Haus.“ Anderson sah Überraschung auf ihrem Gesicht. Sie hatte seine Unterstützung anscheinend nicht erwartet.

„Okay“, sagte sie und lächelte ihn an.

Anderson konnte sich nicht davon abhalten, ihr nachzusehen, als sie zum Haus ging. Sie war in vielerlei Hinsicht eine beeindruckende Frau.

KAPITEL NEUN

Violet zog ihre Sandalen aus, als sie das Haus betrat, und ging geradewegs ins Badezimmer, während sie über ihre Optionen nachdachte. Sie hatte keine Babybadewanne gekauft und keines der Waschbecken im Haus war groß genug, um Nate zu baden. Am Vortag war sie mit ihm in die normale Badewanne gestiegen.

Sie balancierte Nate auf einer Hüfte, als sie anfing, lauwarmes Wasser in die Wanne einzulassen, und entfernte dann seine schmutzige Kleidung und Windel. Er zappelte noch mehr als sonst und sie wollte ihn nicht auf den Badezimmerboden legen.

„Nun, ich denke, ich komme mit dir in die Wanne, mit meinen Kleidern und allem Drum und Dran." Sie betrachtete ihre Laufshorts und ihr T-Shirt. Ein bisschen Wasser würde ihnen nicht schaden. Sie schnappte sich die Babyseife, stieg in die Wanne und nahm Nate zwischen die Knie. „Bist du bereit, sauber zu werden, Baby?"

Sie wusch sanft seine Haare und sein Gesicht und entfernte die letzten Schmutzspuren. Sie würde den Rest von ihm in ein paar Minuten säubern, nachdem er gespielt hatte. Nate schlug mit seinen kleinen Händen ins Wasser und quietschte vor Freude.

„Dein Daddy mag Wasser auch, zumindest glaube ich das.“ Sie kannte Anderson nur aus Moskau, aber er war ein SEAL, also musste er während des Trainings und seiner Missionen Zeit im Wasser verbringen. „Wir müssen ihn fragen.“

Mit Anderson in dem sicheren Haus zusammenzuleben war ein überraschender Bonus für sie, denn es gab ihr die Möglichkeit, ihn anders zu sehen. Selbst wenn er nicht in ihrem und Nates Leben sein würde, könnte sie Nate etwas über ihn erzählen, wenn er später nach seinem Vater fragte.

„Komm rein“, rief sie, als es an der Badezimmertür klopfte. Anderson stieß die Tür auf und seine Augen weiteten sich überrascht. „Was?“, fragte sie grinsend. „Hast du noch nie jemanden mit all seinen Kleidern baden gesehen?“

„Damit hatte ich nicht gerechnet“, sagte er und sie fragte sich unwillkürlich, womit er gerechnet hatte.

Warum hatte er überhaupt angeboten, ihr zu helfen? Für einen Mann, der behauptete, er sei nicht daran interessiert, Vater zu sein, schien er sich wirklich anzustrengen. Sie machte schnell einen Plan, der diesen Umstand nutzte.

„Ich kann nicht versprechen, dass du nicht nass wirst“, sagte sie, „aber wenn du lernen willst, wie man ihn badet, ist jetzt ein guter Zeitpunkt.“

„Sicher.“ Anderson zog sein Shirt aus und kniete sich neben die Wanne.

Violet erinnerte sich daran, ihre Aufmerksamkeit auf ihr Vorhaben zu richten. Andersons nackter Oberkörper war genug, um fast jede Frau abzulenken. „Ich habe bereits seine Haare und sein Gesicht gewaschen, aber er ist immer noch ziemlich schmutzig.“ Sie kitzelte Nate unter dem Kinn. „Nicht wahr, Kleiner?“

„Sag mir, was ich tun soll“, sagte Anderson und strich mit seiner Hand über die sauberen Haare des Babys.

„Gib zuerst ein bisschen Seife darauf", sagte sie und reichte ihm den Waschlappen. „Normalerweise fange ich am Kopf an und arbeite mich bis zu den Zehen nach unten. Achte darauf, nicht zu stark zu reiben. Babyhaut ist empfindlich." Anderson wischte vorsichtig Nates Hals und Oberkörper ab. „Genau so. Es ist jetzt leichter, ihn zu waschen, weil er größer ist. Neugeborene zu baden ist viel schwerer."

„Und du warst allein." Anderson war so darauf konzentriert, Nates Rücken zu waschen, dass sie nicht sagen konnte, ob er es bedauerte, diese Zeit mit Nate verpasst zu haben, oder ob seine Worte nur eine Beobachtung waren.

„Meine Mutter ist zu seiner Geburt gekommen", sagte sie, „und sie ist die ersten zwei Wochen bei mir geblieben. Ich weiß nicht, was ich ohne sie getan hätte."

„Ich bin froh, dass du nicht allein warst", sagte er und begann mit Nates Beinen.

„Im Moment bin ich nie allein", scherzte sie. Ein Baby zu haben machte selbst einfache Dinge schwieriger, aber sie konnte sich jetzt nicht einmal mehr vorstellen, ohne Nate zu sein. Er war wirklich ein Segen.

„Ist das ein Problem?" Anderson sah zu ihr auf.

„Überhaupt nicht." Sie lächelte bei seiner Frage. „Ich liebe ihn."

Anderson nickte und widmete sich wieder Nate, bevor er sagte: „Er hat Glück, dich zu haben."

„Und ich habe Glück, ihn zu haben", sagte sie leise und fragte sich, wer dieser Anderson war. Er war nicht wie der Mann, den sie in Moskau gekannt hatte. Sie beobachtete ihn, als er Nates Zehen wusch. In gewisser Hinsicht war Anderson derselbe. Intensiv, engagiert in seinem Job, der geborene Beschützer. In anderer Hinsicht war er für sie jedoch ganz neu.

„Ich denke, er ist jetzt sauber.“ Anderson schaukelte auf den Fersen zurück und griff nach einem Handtuch, das sie in die Nähe gelegt hatte.

„Normalerweise spielt er gern in der Wanne, aber er scheint müde zu sein. Ich wette, er würde lange genug ein Nickerchen machen, dass wir ohne ihn zu Abend essen können. Würdest du ihn anziehen und in die Wiege legen, während ich …“ Sie deutete auf ihre durchnässte Kleidung.

„Sicher. Lass dir Zeit. Ich kümmere mich um ihn.“ Anderson wickelte das Baby in das Handtuch, nachdem Violet es ihm gereicht hatte.

Violet lauschte, bis sie Anderson im Kinderzimmer mit Nate sprechen hörte, bevor sie selbst aus der Wanne stieg. Wenn er bereit war, eine Weile auf ihren Sohn aufzupassen, würde sie ein richtiges Bad nehmen. Sie zog ihre nassen Sachen aus und gab heißes Wasser und eine nach Lavendel duftende Badebombe in die Wanne, bevor sie wieder hineinstieg.

Himmlisch, dachte sie, als sie bis zum Hals darin versank. Sie hatte seit Nates Geburt nur ein paar Bäder genommen und dabei immer das Babyfon an ihrer Seite gehabt. Das war heute nicht nötig. Die Zeit in der Wanne trug viel dazu bei, ihre Sorgen über die Drohungen gegen sie zu vergessen – zumindest vorübergehend. Sie spürte, wie die Anspannung in ihren Schultern nachließ, als sie sich daran erinnerte, dass sie und Anderson ein gutes Team waren. Zusammen konnten sie trotz ihrer Unterschiede alles schaffen.

Könnten sie zusammen Eltern sein? Das war eine komplexe Frage. Ihr fehlten die Daten, um eine genaue Projektion zu erstellen, daher konnte sie sich genauso gut keine Sorgen machen. Sie verdrängte für eine Weile alle ernsten Gedanken und sank tiefer in die Wanne, bis das Wasser abkühlte. Dann trocknete sie sich ab und zog den Frottee-Bademantel an, den sie an einen Haken gehängt hatte, bevor sie zum Umziehen in ihr Zimmer ging. Sie hatte gerade Shorts und ein Shirt aus einer Schublade gezogen, als sie Anderson an der Tür entdeckte und bemerkte, wie sein Blick von ihren Beinen zu ihrem Gesicht hinauf wanderte.

„Geht es Nate gut?“, fragte sie und sah auf seine nackte Brust, wo jeder Muskel definiert war. Ihre Finger kribbelten und sie erinnerte sich daran, wie es sich angefühlt hatte, mit ihren Händen über seinen harten Körper zu streichen.

„Er ist tief und fest eingeschlafen, nachdem ich ihn ein paar Minuten gewiegt hatte“, sagte er und kam ins Zimmer.

„Gut“, sagte sie und wartete. Hatte Anderson etwas vor? Sie vermutete es. Letzte Nacht während ihres Kusses hatte sie gespürt, dass er mehr wollte. Sie hatte ihn definitiv gewollt, auch wenn es nicht klug war, diesen Weg zu gehen. Den größten Teil des Tages hatte sie sich auf ihre Arbeit konzentriert und verborgen, dass dieser Kuss die Leidenschaft, die sie für ihn empfunden hatte, wiedererweckt hatte. Sie konnte das aber nicht mehr tun, wenn er in ihrem Schlafzimmer stand.

Nun war die Frage, wer den ersten Schritt machen würde.

„Wir können das Abendessen machen“, schlug er vor, „oder wir können dort weitermachen, wo wir letzte Nacht aufgehört haben.“

Sie fühlte sich ein wenig atemlos, als sie daran dachte, was zwischen ihnen passieren könnte. „Werden wir uns wieder mit Küssen zufrieden-geben können?“

„Nicht, wenn es nach mir geht, was bedeutet, dass ich wahrscheinlich sofort von hier verschwinden sollte.“ Er stellte sich vor sie, anstatt zur Tür zu gehen. „Aber das will ich nicht.“

Sie warf die Kleidung, die sie festhielt, auf die Kommode und griff nach ihm, bevor sie mit einem Finger über seine Brust strich. Als sie in Moskau Sex gehabt hatten, war es intensiv, wild und unheimlich gut gewesen. Dieser Moment fühlte sich anders an. Sie empfand das gleiche Verlangen, aber die Atmosphäre war mit anderen Emotionen aufgeladen, die sie nicht so leicht benennen konnte – sie wusste nur, dass sie handeln musste.

Sie löste den Gürtel ihres Bademantels und ließ ihn mit einem Schulterzucken auf den Boden fallen. Andersons Blick wanderte wieder über sie und sie fragte sich, was er von ihr hielt. „Denke daran, dass ich ein Baby bekommen habe“, sagte sie. Ihr Körper hatte sich auf eine Weise verändert, die er bestimmt bemerken würde.

„Du bist schöner denn je.“ Seine Stimme war ein Flüstern, als seine Augen zu ihren zurückkehrten. „Sollen wir es diesmal im Bett versuchen?“

„Ich denke, das wäre … schön“, sagte sie und nahm seine Hand, um ihn zu ihrem Bett zu führen. Sie zog die Decke zurück, legte sich hin und sah zu, wie er seine Shorts auszog und den Rest seines herrlichen Körpers entblößte.

„Kondome?“, fragte er, bevor er zu ihr kam.

Sie lachte und neigte ihren Kopf in Richtung von Nates Zimmer. „Das hat bei uns nicht funktioniert, aber es ist okay. Ich nehme jetzt die Pille und ich bin gesund.“ Während ihrer Schwangerschaft waren Routinetests durchgeführt worden und seit der Nacht, in der Nate gezeugt worden war, hatte sie keinen Sex mehr gehabt.

„Ich auch. Nun, ohne die Sache mit der Pille“, sagte er grinsend. Er setzte sich auf die Bettkante und berührte ihre Haare, die über dem Kissen ausgebreitet waren.

Sie wollte ihn fragen, ob er seit ihr mit jemand anderem zusammen gewesen war, aber sie hatte kein Recht dazu. Sie war weder seine Frau noch seine Freundin. Sie war die Mutter seines Babys. Kein schlechter Titel, aber ohne Privilegien.

„Daran erinnere ich mich nicht“, sagte er und berührte zärtlich das Tattoo auf ihrer linken Seite. „Ein Vogel. Sehr hübsch.“

„Es war dunkel“, sagte sie bei dem Gedanken an ihre leidenschaftliche Episode in Moskau, „und wir hatten es eilig.“

„Diesmal gibt es keine Eile.“

Wenn er es langsam angehen wollte, war das in Ordnung für sie, aber sie wollte ihn näher bei sich haben. Sie tätschelte das Bett neben sich.

Er verstand den Hinweis und legte sich hin. Dann aber überraschte er sie, indem er einen Arm um ihre Taille schlang und sie über sich zog. Sie konnte jeden Zentimeter von ihm fühlen, einschließlich seiner Erektion, die sich in ihren Bauch drückte. Das war perfekt. Sie liebte es, seine warme Haut unter ihrer zu spüren.

„Wo waren wir letzte Nacht?“ Er strich mit den Fingern über ihre Wange und ihre Unterlippe.

„Wir haben uns geküsst, aber wir hatten mehr Kleidung an“, neckte sie ihn, als sie die Haare an seiner Schläfe zurückstrich.

„Unfreiwillig.“ Er grinste, aber dann wurde sein Gesicht ernst, als er sie betrachtete. Sie dachte, er würde vielleicht nicht weitersprechen. „Küss mich“, sagte er schließlich und wiederholte seine Aufforderung aus der vergangenen Nacht.

Sie senkte ihre Lippen auf seine und ließ den Kuss für sich sprechen. Sie küssten sich lange, fast als würden sie sich noch einmal neu kennenlernen. Zuerst war es fast flüchtig, aber als sich der Kuss vertiefte, strichen seine Hände über ihren Rücken, massierten ihre Haut und befeuerten ihr Verlangen. Sie rieb sich an ihm und er brach den Kuss mit einem Stöhnen ab.

Sie senkte ihren Kopf und erkundete seinen Hals und seine Brust mit ihren Lippen, bevor sie mit ihrer Zunge über seine Brustwarzen strich und genoss, wie er dabei den Atem anhielt. Langsam zog sie eine Spur von Küssen nach unten, aber als sie fast seinen Schwanz erreicht hatte, rollte er sie auf den Rücken.

„Hey! Ich wollte gerade mit dem guten Teil anfangen“, sagte sie und holte tief Luft, als sich sein Mund um ihre Brustwarze schloss. Es fühlte sich so gut an wie in ihrer Erinnerung an jene hektische, atemberaubende Begegnung in Moskau. Diese langsame Verführung war jedoch besser. Das war Liebemachen, nicht nur Sex. Empfand er es auch so?

„Das *ist* gut.“ Seine Worte gegen ihre Haut waren gedämpft, als er seine Lippen über sie bewegte. „Davon habe ich geträumt.“

Sie hatte auch Träume von ihm gehabt, so viele, dass sie sie nicht zählen konnte. Ihn tatsächlich als Liebhaber zu haben war allerdings weitaus besser. Sie schloss die Augen und konzentrierte sich auf das, was er tat, während er sich weiter über ihren Körper bewegte. Sie spürte einen Kuss auf ihrem Hüftknochen, einen weiteren direkt unter ihrem Nabel und einen auf der Innenseite ihres Oberschenkels. Feuchte Hitze breitete sich zwischen ihren Beinen aus und sie spürte, wie seine Zunge sie für ihn öffnete und ausgiebig leckte. Das hatte er auch in Moskau getan, aber damals war es eine Form erotischer Folter gewesen. Jetzt tat er alles, um sie mit seinen sanften, sinnlichen Berührungen zu verwöhnen.

„Ich will dich in mir spüren“, murmelte sie, als sie kurz davor war, zu kommen.

Er hielt inne, bevor er ein letztes Mal die empfindliche Stelle zwischen ihren Schenkeln küsste und wieder nach oben kam. Sein Mund wanderte zärtlich über ihren Körper, bis sie von Angesicht zu Angesicht waren. Sie bückte sich für einen weiteren Kuss, während sie ihre Beine um ihn schlang und schweigend um das bat, was sie beide wollten. Ohne den Kuss zu unterbrechen, drang er in sie ein und sie schnappte nach Luft, als er sie ganz ausfüllte.

Sie bewegten sich zusammen, Haut an Haut, bis der Rhythmus immer schneller wurde und sie eine intensive Anspannung in sich spürte, die nur darauf wartete, entfesselt zu werden. Noch ein Stoß, und sie kam.

Sie hielt ihn fest an sich gedrückt und genoss den Orgasmus in vollen Zügen. Er glitt tiefer in sie und sie spürte, wie er in ihr pulsierte, bevor er seinen Kopf in ihren Haaren vergrub und immer wieder ihren Namen flüsterte.

Eine Minute später rollte er sich von ihr herunter, aber er zog sie mit sich, sodass sie nebeneinanderlagen und sich ansahen. Es war intim und wunderschön. Violet kuschelte sich an ihn und legte ihren Kopf neben seinem auf das Kissen. Sie schätzte ihre Unabhängigkeit, aber die Bindung zwischen ihnen war zu stark, um sie zu ignorieren. Sie versuchte nicht einmal, der Macht zu widerstehen, die sie zusammenzuführen schien.

Wenn diese Bindung ihre Zeit in dem sicheren Haus überdauern würde …

Nein, sie durfte nicht so weit in die Zukunft denken. Dieser Moment war genug.

KAPITEL ZEHN

Ein paar Tage später hatte Violet ein wenig freie Zeit, um aufzuräumen. Sie ging durch die Küche und stellte das Geschirr weg, bevor sie das Esszimmer betrat, das nun als Arbeitszimmer diente. Der Laptop, die Festplatte und ein Block, auf den sie einige Notizen geschrieben hatte, lagen auf der glänzenden Oberfläche des Tisches.

Als sie ihren Notizblock aufhob, entdeckte sie eines von Andersons kleinen Notizbüchern darunter. *Es ist ungewöhnlich, dass er es aus seiner Tasche genommen hat*, dachte sie, als sie es ergriff und in ihren Händen umdrehte. Sie war neugierig – was schrieb er darin auf? Sie lauschte, aber sie hörte ihn nicht im Haus. Er musste immer noch mit Nate im Garten sein. Sie würde nur einen Blick hineinwerfen.

Sie klappte das Notizbuch in der Mitte auf und konzentrierte sich auf eine Seite, die von seiner Handschrift bedeckt war. Seine Notizen schienen in einer Art Code verfasst zu sein. Sie studierte ihn eine Minute lang und suchte nach Mustern und Hinweisen, wie sie ihn interpretieren sollte. Es schien eine Mischung aus mehreren Sprachen zu sein. Sie sah Russisch, Arabisch und Spanisch, aber es war komplizierter als das. Sie sah genauer hin. Nach ein paar Minuten begriff sie es zumindest teilweise. Er bildete englische Wörter mit fremden Alphabeten. Clever. Es würde Zeit und umfassende Sprachkenntnisse erfordern, das alles zu entschlüsseln.

Sie blätterte weiter zum hinteren Teil des Notizbuchs und erwischte zufällig eine Seite, die ganz in Englisch verfasst war. Sie begann zu lesen und lächelte, als sie die Geschichte über das Essen von Dreck und das anschließende Bad erkannte. Anderson hatte aufgeschrieben, was passiert war, zusammen mit seinen Ängsten und Sorgen.

„Wie süß", murmelte sie, als sie Andersons Version davon las, wie sie seinen Sohn in der Wanne in den Schlaf gewiegt hatte. Die Geschichte endete dort und sparte die Zeit aus, die sie in ihrem Bett verbracht hatten. Diese Stunde war der beste Teil ihres Tages gewesen.

Sie fühlte ein glückliches Leuchten in sich, als sie sich daran erinnerte. Seitdem war er jeden Abend zu ihr ins Hauptschlafzimmer gekommen. Sie hatten nicht über die Zukunft gesprochen, weil es keine Antworten gab – jedenfalls keine einfachen. *Ein Tag nach dem anderen*, erinnerte sie sich. Wenn sie es so betrachtete, konnte sie es genießen, mit ihm zusammen zu sein.

Sie blätterte zum letzten Eintrag in dem Notizbuch, der von ihrem Picknick im Garten am Vortag handelte. Sein Bericht war überraschend detailliert. Er schien ein Bild mit seinen Beschreibungen zu malen, so als wollte er etwas Greifbares, um sich an die Erfahrung zu erinnern. War dies seine Art auszudrücken, was er nicht sagen konnte?

Als sie Schritte in der Küche hörte, legte sie das Notizbuch schnell weg und beschäftigte sich damit, die Werbeprospekte zu sortieren, die im Briefkasten gewesen waren. Ein paar Sekunden später stand Anderson mit Nate in der Tür.

„Alles okay?", fragte sie und sah auf.

„Ja, aber ich dachte, ich könnte Nate auf einen Spaziergang durch die Nachbarschaft mitnehmen. Ihm ist langweilig."

Anderson, der am Anfang nichts über Babys gewusst hatte, konnte inzwischen Nates Stimmung wahrnehmen, noch bevor er anfing, unruhig zu werden. Das war interessant, aber sie behielt diese Beobachtung für sich. Wenn sie etwas sagte, würde Anderson es bestimmt leugnen.

„Sicher, das ist eine gute Idee", sagte sie. Eine Nachbarin hatte ihnen einen Kinderwagen geliehen, als sie sah, dass sie keinen hatten.

„Schließe die Tür hinter mir ab", sagte Anderson.

„Das werde ich." Sie achteten immer darauf, die Türen zu verriegeln und die Alarmanlage einzuschalten. Sie bemerkte jedoch, dass sich die Nachbarn anscheinend keine großen Sorgen um die Sicherheit ihrer Häuser machten. Sie kamen und gingen, wie es ihnen beliebte, ohne die ständige Wachsamkeit, die sie und Anderson aufrechterhalten mussten.

Nachdem sie geholfen hatte, Nate in den Kinderwagen zu legen, gab sie den beiden einen Kuss und hielt die Tür für sie auf. Sie seufzte, als sie auf dem Bürgersteig waren. Am liebsten hätte sie alles so beibehalten … abzüglich der Bedrohung gegen sie. Darauf konnte sie verzichten.

Sie schloss die Tür vorsichtig ab und bemerkte eine Nachricht von ihrer Mutter auf ihrem Handy. Sie hatte etwas Zeit für sich, also beschloss sie, einen Videoanruf zu machen.

„Hi, Mom", sagte sie, als sie die Treppe zum Schlafzimmer hinaufging. Sie hatten genug Kontakt gehabt, um ihre Mutter wissen zu lassen, dass sie in Sicherheit war, aber in Bewegung bleiben musste.

„Hi, Schatz." Ihre Mutter lächelte sie an. „Ist die Situation jetzt besser?"

„Ich bin immer noch mittendrin, aber nichts hat sich negativ verändert. Wir sind in Sicherheit." Ihre Mutter zu sehen gab Violet ein Gefühl der

Normalität. Egal, was in Violets Leben passiert war, ihre Mom war für sie dagewesen.

Jetzt musterte ihre Mutter sie. „Ich nehme dich beim Wort. Wie geht es meinem Enkel?“

„Gut. Gott sei Dank ist er noch so klein, dass er keine Fragen darüber stellen kann, warum wir in einem fremden Haus sind.“ Den Zeitplan eines Babys durcheinanderzubringen war schon eine Herausforderung. Sie konnte sich nicht einmal vorstellen, ein älteres Kind dazu zu bringen, die Situation zu verstehen. Außerdem war Nate zu klein, um Angst zu haben, solange sie und Anderson in seiner Nähe ruhig waren.

„Kann ich ihn sehen oder macht er ein Nickerchen?“, fragte ihre Mutter.

„Weder noch“, antwortete Violet, setzte sich auf das Bett und lehnte sich an das Kopfteil. „Anderson ist mit ihm spazieren gegangen, aber ich werde dir später ein neues Foto schicken.“

„Wie kommt Anderson mit … allem zurecht?“

Violet hatte ihrer Mutter von der kurzen Affäre in Moskau erzählt und darüber, was sie von Anderson wusste, einschließlich ihrer Analyse, dass er es nicht begrüßen würde, Vater zu sein.

„Überraschend gut. Er gibt sich wirklich Mühe und scheint daran interessiert zu sein, sich um Nate zu kümmern. Damit hatte ich nicht gerechnet.“ Was sie nicht wusste, war, wie lange es Bestand haben würde.

„Das ist gut, oder?“, fragte ihre Mutter.

„Ja. Ich bin froh, dass ich mich über ihn geirrt habe, aber …“

„Aber was, Schatz?“ Das Gesicht ihrer Mutter war besorgt.

„Er hat gesagt, dass er nicht Vater sein will“, sagte Violet und erinnerte sich an Andersons sofortige Ablehnung der Idee. „Er hat es am ersten

Tag sehr deutlich gemacht, deshalb habe ich Angst, seinem Verhalten jetzt zu trauen."

Ihre Mutter war einige Sekunden still, bevor sie sprach. „Du weißt, dass Worte nicht immer der beste Weg sind, um auszudrücken, was jemand wirklich denkt."

„Ja." Das hatte Violet bei ihrer Arbeit gelernt. Die Worte der Menschen waren nicht immer die Wahrheit, weil ihnen Angst, Leidenschaft oder hundert andere Emotionen zugrunde lagen. Taten waren der bessere Indikator dafür, was in jemandem steckte und was seine wahren Gefühle waren. Andersons Taten hatten gezeigt, dass er durchaus fähig dazu war, Vater zu sein.

Aber würde er es sich erlauben? Das war eine Frage, die sie nicht beantworten konnte.

„Was ist mit seinem Verhalten dir gegenüber?" Die Stimme ihrer Mutter war sanft.

Die Zeit in ihrem Bett deutete darauf hin, dass er sich immer noch zu ihr hingezogen fühlte, aber sie wusste nicht, was das außer körperlichem Verlangen bedeutete. Konnte er ihr mehr als das geben? Sie wollte sich nicht vorstellen, wie es mit ihm sein könnte, denn die Versuchung zu glauben, dass sie eine normale, glückliche Familie sein könnten, war zu groß.

„Er war auch gut zu mir", gab sie nach einer Pause zu, die so lange war, dass ihre Mutter eine fragende Augenbraue hochzog. „Sehr gut."

Nachdem sie noch ein bisschen geredet hatten, beendete Violet den Videoanruf. Die Gegenwart ihrer Mutter, wenn auch nur digital, war immer beruhigend. Sie war eine praktische, liebevolle Frau, die ihr Bestes für Violet getan hatte. Violet wusste, dass sie dem Beispiel ihrer Mutter folgen und Nate allein großziehen konnte, aber sie fragte sich, ob dies ihre einzige Option war. Anderson würde vielleicht …

Sie stoppte ihre Gedanken an dieser Stelle, da sie nicht vorhersagen konnte, was er tun würde. Trotzdem hatte sie ein gutes Gefühl in Anbetracht der Möglichkeiten.

Um acht Uhr abends war jedes Gefühl der Harmonie, das Violet empfunden hatte, verschwunden. Nate war es nach seinem Nickerchen gut gegangen, aber später am Nachmittag war er unruhig geworden. Seine Schreie waren zu Gebrüll geworden und er hatte Durchfall bekommen. Sie und Anderson gingen abwechselnd mit ihm auf und ab und ließen das Abendessen ausfallen, während einer von ihnen das Baby nahm und der andere die schmutzige Wäsche wusch und das Chaos aufräumte.

Violet rief ihren Kinderarzt an, der ihr versicherte, dass alle Babys schlechte Tage hatten und Nate wahrscheinlich nur zahnte, da er kein Fieber hatte. Der Kinderarzt versprach, sich am nächsten Morgen wieder zu melden. Das war angesichts von Nates offensichtlichem Unwohlsein nur geringfügig beruhigend.

Als er endlich zu erschöpft war, um noch mehr zu weinen, lehnte Nate seinen Kopf an Violets Schulter und fiel in einen tiefen Schlaf. Es gelang ihr, ihn in seine Wiege zu legen, ohne ihn zu wecken. Sie und Anderson warteten, bis sie sicher waren, dass er fest schlief, und zogen sich dann ins Hauptschlafzimmer zurück. Nachdem Violet das Babyfon eingeschaltet hatte, warf sie sich erschöpft auf das Bett, aber Anderson ging auf und ab.

„Das war schrecklich“, sagte er.

„Aber es geht ihm gut und es ist vorbei.“ Sie fügte nicht hinzu, dass es andere Nächte wie diese geben würde. Das gehörte manchmal zum Elternsein dazu.

„Ich bin nicht dafür geeignet.“ Andersons Stimme war leise, aber nachdrücklich.

„Wofür?“, fragte sie, aber sie kannte bereits die Antwort.

Anderson sah sie irritiert an. „Dafür, auf ein Kind aufzupassen und Vater zu sein."

„Du hast das gut gemacht", argumentierte sie und setzte sich auf. Ihr Instinkt sagte ihr, dass dieses Gespräch für ihn entscheidend war – für sie alle.

Er blieb stehen und sah sie an. „Du weißt nicht, wie kurz ich davorstand, heute Abend aus der Tür zu gehen." Sein Gesicht war schmerzverzerrt und er zitterte vor Wut. Sie kommentierte seine Stimmung nicht, weil sie wusste, dass seine Wut ihm selbst galt. Sie hatte nichts mit ihr oder Nate zu tun.

„Ich denke, das ist eine natürliche Reaktion auf eine Krise", sagte sie vorsichtig. „Kampf oder Flucht. Da es niemanden gab, gegen den du kämpfen konntest, war es normal, wegzuwollen." Sie hatte auch schon solche Momente gehabt. Nicht dieses Mal, aber vor ein paar Monaten, als Nate eine Kolik gehabt hatte und sie völlig übermüdet gewesen war.

„Ich bin darauf trainiert, anders zu denken", sagte Anderson. „Ich weiß, wann ich kämpfen und wann ich mich zurückziehen muss, und ich habe mich in dieser Hinsicht noch nie geirrt. Ich hatte keine Ahnung, was ich in dieser Situation tun sollte. Wenn du nicht gewesen wärst, wäre ich …" Seine Lippen verzogen sich zu einer harten Linie, als wollten sie seine Gefühle zurückhalten. „Hör zu, ich entstamme einer langen Reihe schlechter Väter. Der heutige Abend hat mir bewiesen, dass ich nicht besser bin, als sie es waren."

Sie musste sehr vorsichtig damit sein, was sie als Nächstes sagte, also ließ sie sich einen Moment Zeit. Er wirkte so verloren, ganz anders als sie es von ihm gewöhnt war. Er trat Gefahren und Schwierigkeiten mutig entgegen. Sie hatte es mit eigenen Augen gesehen. Vater zu sein sollte ihn nicht in die Knie zwingen.

Sie streckte ihm ihre Hand entgegen und wartete, während er langsam den Atem ausstieß und dann zu ihr kam. Als er neben ihr saß, drehte sie sich, um ihn anzusehen.

„Ich habe viel Zeit damit verbracht, zu analysieren, was für ein Vater du sein würdest, aber ich habe dich unterschätzt. Ich habe dich in den letzten Tagen mit Nate beobachtet. Du bist gut. Du kümmerst dich um ihn, machst ihn glücklich und übernimmst deinen Teil der Verantwortung. Das alles sind Eigenschaften, die ein Vater haben sollte."

Er schüttelte den Kopf und wandte den Blick ab. Sie musste mehr tun, um ihn zu überzeugen, weil er zweifellos in der Lage dazu war, Vater zu sein. Sie hatte genug Beweise dafür gesehen.

„Okay, sieh es dir aus einem anderen Blickwinkel an. Du bist dir deiner Fehler bewusst und bereit zuzugeben, dass du überfordert warst. Das tun nur Menschen, die wirklich an Verbesserungen interessiert sind und die wissen, dass sie nicht perfekt sind. Aber sie wollen es sein." Sie hoffte, dass ihre Argumentation für ihn Sinn ergab.

„Du hattest deine Mom, die dir gezeigt hat, wie eine Mutter sein sollte, aber …"

„Du hattest niemanden", unterbrach sie ihn. Er richtete seinen Blick wieder auf sie. „Glaubst du, ich habe nicht über dich recherchiert, bevor wir in Moskau zusammengearbeitet haben? Oh, ich weiß über deine Familie Bescheid. Über das schwierige Umfeld, in dem du aufgewachsen bist, und darüber, wie du dich daraus befreit hast. Du hast dich dem widersetzt, was manche vielleicht für dein Schicksal gehalten haben. Unsere Familien und unsere Gene bestimmen nicht, was wir tun oder wer wir sind. Das machen wir selbst." Sie tippte auf seine Brust. „Das weißt du besser als die meisten anderen. Es liegt also an dir, ob du ein guter Vater bist oder nicht."

Er blickte auf ihre Hände, die immer noch miteinander verbunden waren, und sie schwieg, obwohl sie viel mehr sagen wollte. Aber jetzt war er an der Reihe.

„Ich weiß nicht, ob ich das sein kann“, sagte er nach einigen Minuten.

Sie wollte ihm sagen, dass sie ihm vertraute. Sie glaubte aber nicht, dass er das jetzt hören wollte, also änderte sie ihre Taktik. „Okay, kannst du mir wenigstens auch weiterhin helfen und tun, was du bisher getan hast?“ So könnte er anfangen, eine Rolle in Nates und vielleicht auch in ihrem Leben zu spielen.

Er nickte. „Ich versuche, es dir leichter zu machen.“

„Das tust du.“ Sie lächelte ihn an. „Wir wussten bereits, dass wir ein gutes Team sind.“

„Wir waren erfolgreich“, sagte er und grinste sie an, „aber es war nicht immer einfach.“

Sie lachte und dachte an ihre Konflikte in Russland. „Zum Teil, weil wir beide stur sind, aber auch weil wir uns gegenseitig die Kleider vom Leib reißen wollten.“

„Das hat für Spannungen gesorgt.“

„Es hat uns auch Nate gebracht“, sagte sie leise. Ihr geliebter Junge wäre nicht bei ihnen, wenn die Anziehungskraft zwischen ihr und Anderson nicht so groß gewesen wäre.

Er antwortete nicht mit Worten, sondern zog sie auf das Bett und bedeckte ihren Körper mit seinem. Sie entspannte sich, als er ihre Lippen küsste, während er ihr Gesicht mit seinen Händen umfasste und seine Daumen über ihre Wangen strichen.

„Ich sollte zu müde sein …“, flüsterte sie gegen seine Lippen.

„Bist du es?“, fragte er und hob den Kopf.

„Überhaupt nicht.“ Ihre Finger streichelten zärtlich seinen Rücken. Danach machten sie sich nicht mehr die Mühe zu reden, als sie einander langsam auszogen und liebevoll küssten. Diese Begegnung unterschied sich von allen vorherigen. Es gab keine Eile und keine

Notwendigkeit, irgendetwas zu beweisen, nur eine stetig wachsende Sehnsucht, die sie seelisch, emotional und körperlich zusammenbrachte.

Als er schließlich in sie eindrang, war nur noch wichtig, einander Vergnügen zu bereiten. Sie kamen zusammen zu einem Orgasmus, der so überwältigend war, dass ihr Tränen in die Augen traten. Während sich ihre Körper beruhigten, küsste er ihre Wangen dort, wo die Tränen geflossen waren, und sie lächelte ihn an, ohne erklären zu müssen, dass es keine Tränen der Traurigkeit waren. Er schien es zu verstehen und sie hatte sich noch nie jemandem so nahe gefühlt.

Danach lagen sie eng umschlungen da und während sein Körper fest an ihren gedrückt war, fiel sie in einen tiefen, zufriedenen Schlaf.

KAPITEL ELF

Anderson drehte sich um und griff nach seinem Handy auf dem Nachttisch. Das Summen beim Empfang einer SMS hatte ihn aus seinem traumlosen Schlaf gerissen. Sein Ruhebedürfnis war nach dem letzten Abend keine Überraschung. Nates Krankheit hatte ihn frustriert und erschöpft und das anschließende Gespräch mit Violet war eines der offensten und emotionalsten seines Lebens gewesen. Er wusste nicht, was er davon halten sollte. Sie zu lieben war jedoch der Höhepunkt der Nacht gewesen, möglicherweise sogar des Jahres. Er wollte nicht zugeben, dass etwas zwischen ihnen war, aber es wurde immer schwieriger, es zu leugnen. Bei ihr fühlte er sich irgendwie … vollständig. Andere Frauen hatten niemals diese Wirkung auf ihn gehabt. Er hatte es nicht zugelassen und sollte es auch jetzt nicht zulassen. Aber Violet …

Er schüttelte den Kopf und warf einen Blick auf die SMS von Allen Zimmerman, einem von Rogers‘ Männern.

Neue Entwicklungen. Verwenden Sie Wiffy.

Anderson stand auf und merkte plötzlich, dass er allein war. Er lauschte eine Sekunde und hörte, dass Violet leise in Nates Zimmer sang. Alles schien friedlich zu sein, also ging er ins Wohnzimmer, wo er Wiffy gelassen hatte, das verschlüsselte Telefon, das Rogers‘ Sicherheitsunternehmen für sie im Haus hinterlegt hatte. Die Aufforderung zur Kommunikation über Wiffy war wahrscheinlich kein gutes Zeichen.

Er drückte die einzige Nummer, die in dem Telefon gespeichert war, und wartete darauf, dass der Anruf über mehrere Mobilfunkmasten weitergeleitet wurde, was es schwieriger machte, Gespräche nachzuverfolgen oder mitzuhören. Nach ein paar Sekunden meldete sich Allen.

„Danke für den Anruf.“ Allen kam schnell auf den Punkt. „Unsere Überwachungsexperten haben Informationen gesammelt, die uns alarmiert haben. Sie müssen umziehen, aber wir haben noch kein Haus für Sie.“

Allen fuhr fort zu erklären, dass die Aktivität der russischen Mafia in der Gegend plötzlich zugenommen hatte, obwohl sie normalerweise gering war. Rogers‘ Team untersuchte es. An sich mochte es nicht viel bedeuten, aber das Team war auch einigen der Hinweise gefolgt, die Violet über den Datendiebstahl aufgedeckt hatte, und nun gab es neue Bedenken hinsichtlich ihrer Sicherheit.

„Wie geht es jetzt weiter?“, fragte Anderson. Während er Allen zuhörte, war er im Haus herumgegangen und hatte ihre Verteidigung überprüft.

„Wir geben Ihnen Informationen, die Violet analysieren kann – und Sie brauchen neue Identitäten. Ich kann nicht riskieren, das Material direkt an Ihren Standort zu schicken, da einer unserer Techniker einen Virus in unserem IT-System gefunden hat. Er hat ihn schnell eliminiert, aber es könnte ein Hinweis darauf sein, dass jemand weiß, dass wir mit Ihnen zusammenarbeiten. Ich will die Angreifer nicht vor Ihre Haustür führen. Sie werden also auf eine kleine Schnitzeljagd gehen und die Informationen selbst holen müssen.“

„Ist das sicherer?“ Draußen würden sie ungeschützt sein. Anderson wusste nicht, ob ihm das gefiel.

Er hörte, wie Allen seufzte. „Wir halten es für den sichersten Weg, aber Sie müssen vorsichtig sein.“

„Es klingt ziemlich abenteuerlich“, meinte Anderson. „Ist Rogers damit einverstanden?“ Die Methode schien nicht der üblichen Vorsicht des ehemaligen SEALs zu entsprechen.

„Er hat es befohlen“, sagte Allen. „Hören Sie, ich weiß, dass es … ungewöhnlich ist, aber es hat in der Vergangenheit Leben gerettet.“

„In Ordnung“, willigte Anderson ein, da er wahrscheinlich keine Wahl hatte. „Wohin soll ich fahren?“

„Wiffy enthält eine sichere App. Wir geben nacheinander GPS-Koordinaten und Anweisungen ein. Sobald Sie ein Objekt abgeholt haben, stellen wir das nächste zur Verfügung.“

„Verstanden“, sagte Anderson.

„Viel Glück. Passen Sie auf sich auf“, sagte Allen, bevor er auflegte.

Anderson fand die App auf dem Telefon und ging zu Nate, dem es – zum Glück – gutzugehen schien. Dann teilte er Violet den Plan mit. Auch sie stellte die ungewöhnliche Methode infrage, aber Anderson fand allmählich Gefallen daran. Sie würden das Haus verlassen und aktiv werden, was besser war, als ihre Zeit damit zu verbringen, tatenlos herumzusitzen.

Eine halbe Stunde später setzten sie Nate ins Auto und machten sich auf den Weg zu den ersten Koordinaten. Anderson fuhr mit dem Aufzug in den dritten Stock eines Bürogebäudes in der Innenstadt von Nashville. In einem Büro am Ende des Flurs war ein Briefkasten an der Tür angebracht. Etwas, das wie ein interner Büroumschlag aussah, ragte heraus und Anderson nahm ihn an sich und kehrte zu Nate und Violet zurück, die im Auto warteten. Es hatte ihm nicht gefallen, sie auch nur ein paar Minuten allein zu lassen, aber ein einzelner Mann, der das Gebäude betrat, würde weniger Aufmerksamkeit erregen als ein Paar mit einem Baby.

Er reichte Violet den Umschlag, als er einstieg. Sie öffnete ihn und zog einen Stapel Papiere heraus, während er die App überprüfte und eine neue Nachricht mit den nächsten Koordinaten fand.

„Ich lese das. Du fährst", sagte sie und blätterte die Seiten durch.

„Du scheinst das zu genießen", bemerkte er, als er sich aus der Innenstadt schlängelte und die Vororte westlich der Stadt ansteuerte.

„Du weißt, dass ich es liebe, neue Informationen auszuwerten", sagte sie abgelenkt.

„Irgendetwas Interessantes?", fragte Anderson.

„Es ist definitiv Volkhovs Organisation", sagte sie, „aber die Frage ist, wer das Kommando hat."

„Es könnte der Wolf selbst sein, wenn auch vom Gefängnis aus." Das war in Russland, wo die Gefängnisse häufig Verbindungen zur Mafia hatten, nicht ungewöhnlich.

„Stimmt, aber jemand muss die Aktivitäten hier leiten." Sie blätterte eine Seite um und las weiter. „Ich arbeite gern mit Rogers' Team zusammen. Sie wissen, was sie tun. Ich habe hier ausführliche Beschreibungen von Volkhovs Mitarbeitern und alle bekannten Informationen über sie."

„Kommt dir einer davon bekannt vor?" Während ihrer Zeit in Moskau waren sie vielen potenziellen Gangstern begegnet.

„Ich sehe nach." Sie sortierte weiter die Papiere, bis sie ihren nächsten Zielort erreichten. Dort musste sie in Aktion treten, da das Objekt in einem Stoffladen hinterlegt worden war.

„Ich habe keine Ahnung, wie ich das finden soll“, sagte er und zeigte ihr die Informationen auf dem verschlüsselten Telefon. „McCall‘s M7718. Was auch immer das bedeutet.“

Sie zögerte nicht. „McCall‘s ist der Firmenname und M7718 ist die Nummer eines Schnittmusters. Alle Muster werden in Schubladen aufbewahrt, die in numerischer Reihenfolge angeordnet sind.“

Er sah sie verwirrt an. „Nähst du?“

„Ich? Auf keinen Fall, aber ich habe einer Freundin einmal dabei geholfen, ein Schnittmuster für ein Kleid auszuwählen.“ Sie legte ihre Hand auf den Türgriff. „Ich bin in fünf Minuten zurück.“

Sie stieg aus dem Auto und Anderson nahm sich kurz Zeit, um seinen Blick über den Parkplatz des Einkaufszentrums schweifen zu lassen. Nichts dort wirkte verdächtig, also beugte er sich über den Sitz, um nach Nate zu sehen. Er spielte mit seinen Zehen und sah sich neugierig um.

„Warum konntest du letzte Nacht nicht so ruhig sein, Kleiner?“, fragte Anderson. Nate grinste ihn sabbernd an. „Mit dir wird es nie langweilig, hm?“

Ein paar Minuten später kehrte Violet zum Auto zurück und zog einen weißen Umschlag aus einer Tüte. Die Außenseite war mit dem Bild eines Models bedruckt, das ein Kostüm trug. Wieder leerte sie den Inhalt des Umschlags auf ihren Schoß und begann zu lesen, während er das Telefon überprüfte und weiterfuhr.

„Unsere nächste Station ist südlich der Stadt, vor einem Haus, in das sie uns vielleicht bringen wollen“, sagte er. „Dort gibt es in einem Blumentopf neue Ausweise für uns.“

„Warum ziehen wir jetzt nicht dorthin?“, fragte sie.

„Ich vermute, es ist besetzt.“ In der Nachricht hatte gestanden, dass sie daran arbeiteten. Rogers' Team hatte bis jetzt Wort gehalten, also musste er ihnen wohl vertrauen.

Anderson behielt die Straße im Auge, als sie die Innenstadt verließen und in einen kleinen Vorort fuhren. Die Main Street mit ihren reich verzierten Fassaden und dekorativen Straßenlaternen wirkte wie etwas aus einem alten Film. Kein schlechter Ort zum Leben. Er bog in die Pleasant Street ab und hielt nach Hausnummer 343 Ausschau. Als er an einem Stoppschild anhielt, sah er nach rechts. Ein schwarzer SUV stand am Bordstein.

Er spannte sich an. Natürlich konnte der Wagen jedem gehören, aber er mochte keine Zufälle. Er drehte sich nach links und erregte damit Violets Aufmerksamkeit.

„Ich dachte, das Haus wäre geradeaus", sagte sie.

„Das ist es auch. Aber wir haben möglicherweise Gesellschaft." Er behielt den SUV im Auge, aber er stand weiterhin still. Wahrscheinlich hatte es nichts zu bedeuten, aber es war eine gute Erinnerung daran, dass er wachsam bleiben musste. Auf diese Art Hinweise zu sammeln fühlte sich wie ein Spiel an, aber es war keines. Er drehte eine Runde um den Block und erreichte aus der entgegengesetzten Richtung Nummer 343. Drei Häuser entfernt parkte er und wartete. Keine Spur von dem SUV oder andere Probleme. Der Standort gefiel ihm jedoch nicht. Die Gegend war wunderschön, aber voller alter Bäume und hoher Hecken, die ihm die Sicht versperrten.

„Bleib hier", sagte er zu Violet. „Ich hole die Ausweise und bin gleich wieder zurück." Er stieg aus und ging die Straße hinauf. Nummer 343 war ein blauer Bungalow, der ein wenig abseits von der Straße unter dem Blätterdach eines riesigen Ahornbaums stand. Als er den gepflasterten Weg zum Haus betreten wollte, spürte er, wie sein Handy in seiner Tasche vibrierte. Er dachte daran, es zu ignorieren, aber etwas ließ ihn danach greifen.

„Der SUV ist gerade um die Ecke gebogen“, sagte Violet, sobald er den Anruf annahm. „Sieh nach rechts.“

Er wandte seinen Blick in diese Richtung und sah, wie sich der schwarze Wagen mit hoher Geschwindigkeit näherte. Zehn Meter von ihm entfernt blieb er stehen. Anderson fühlte sich hin- und hergerissen. Seine Ausbildung und sein Instinkt drängten ihn, eine Konfrontation mit ihrem Verfolger zu riskieren, aber er wusste, dass es wichtiger war, die Mission abzuschließen und die Ausweise abzuholen, für die sie gekommen waren.

Die Tür des SUVs flog auf und ein Mann in schwarzer Kleidung sprang heraus. Weiter unten auf der Straße hupte Violet bei dem Versuch, eine Ablenkung zu erzeugen, aber sein Gegner ließ Anderson nicht aus den Augen.

Ein Showdown. *Nur zu*, dachte Anderson. Dann erinnerte er sich an die beiden Menschen, die er beschützen wollte. Er hasste es, den Rückzug anzutreten, aber die Konfrontation mit diesem Kerl könnte sie in Gefahr bringen.

Anderson drehte sich um und sprintete zum Auto. Violet saß jetzt auf dem Fahrersitz und hatte den Wagen bereits ins Rollen gebracht. Er sprang hinein und sie fuhren los.

„Wir machen ein Ausweichmanöver“, sagte er. „Biege dort ab.“ Er zeigte nach vorn. „Wir müssen von hier verschwinden.“

Violet raste zurück zum Highway. Die ganze Zeit über sah Anderson hinter sie. Einmal erhaschte er einen Blick auf den schwarzen SUV, aber sie schüttelten ihn mühelos ab.

Ein bisschen zu mühelos, was ihm Sorgen bereitete. Bedeutete das, dass der Feind sie gar nicht verfolgen musste, weil er ohnehin wusste, wohin sie fuhren?

Bei dem Gedanken wuchs Andersons Entschlossenheit, für ihre Sicherheit zu sorgen.

KAPITEL ZWÖLF

Anderson winkte Jeff auf dem Nachbargrundstück zu, als sie sich der Auffahrt des sicheren Hauses näherten. Er hatte dafür gesorgt, dass Violet sich ihrer aktuellen Adresse vorsichtig näherte, und nach dem schwarzen SUV Ausschau gehalten, bevor er zu dem Schluss gekommen war, dass die Rückkehr sicher war.

„Haben Sie einen Ausflug gemacht?“, rief Jeff, als sie aus dem Auto stiegen. „Heute ist ein schöner Tag dafür.“

Anderson hatte sich so auf ihre Mission konzentriert, dass er kaum bemerkt hatte, wie die Sonne nach einem bewölkten Morgen herausgekommen war.

„Das Baby hatte einen Arzttermin“, sagte Violet, „und dann haben wir Zeit im Park verbracht.“ Sie schenkte Jeff ein Lächeln. Niemand, der sie hörte oder sah, würde glauben, dass ihre Worte gelogen waren. Sie war eine gute Agentin.

„Geht es ihm gut?“ Jeffs Gesicht zeigte aufrichtige Sorge.

„Oh ja“, antwortete Violet. „Er hatte eine unruhige Nacht und ich war ein bisschen besorgt. Frischgebackene Eltern, Sie wissen schon.“

„Ich bin froh, dass es ihm jetzt besser geht“, sagte Jeff. „Passen Sie gut auf ihn auf.“

Violet hielt Nates Hand hoch, als würde er Jeff zuwinken, bevor sie vor Anderson ins Haus ging.

„Neugierige Nachbarn sind fürchterlich“, murmelte Anderson, nachdem er die Tür geschlossen hatte. „Aber deine Tarnung war nicht übel.“

„Sie schien zu passen.“ Sie ließ ihre Umhängetasche, in die sie die Informationen gestopft hatte, auf den Esstisch fallen.

Als sie hineingriff, klingelte es an der Tür. Sie erstarrte und warf Anderson einen fragenden Blick zu. Er trat zum vorderen Fenster und schob den Vorhang zurück, um zu sehen, wer es war.

„Es ist Kelly“, verkündete er mit übermäßig freundlicher Stimme. „Hi, Kelly.“ Anderson öffnete die Tür und lächelte eine der Frauen an, die ihnen an ihrem ersten Morgen in der Nachbarschaft Zimtschnecken vorbeigebracht hatten.

„Hi, ich will nicht neugierig sein, aber ich habe gehört, wie Sie sagten, dass das Baby krank ist.“ Kelly steckte den Kopf in die Tür.

Violet kam mit Nate auf der Hüfte aus dem Esszimmer. „Nicht krank. Nur eine Routineuntersuchung. Es ist nett von Ihnen, nach seinem Wohlergehen zu fragen.“

Anderson war froh, dass Violet ihre Gefühle im Griff hatte. Er stand kurz davor, ihre Nachbarn anzuschreien, sie in Ruhe zu lassen, und dann nie wieder seine Tür für jemanden zu öffnen. Konnten sich diese Leute nicht um ihre eigenen verdammten Angelegenheiten kümmern?

„Ich bin so froh, das zu hören“, sagte Kelly. „Und ich wollte Sie wissen lassen, dass wir am Samstag um fünf Uhr ein Picknick im Park machen. Das machen wir im Sommer einmal im Monat. Ich hoffe, Sie können kommen.“

„Liebend gern“, sagte Violet und ihr Gesichtsausdruck zeigte Begeisterung für die Idee. „Was sollten wir mitbringen?“

„Eine Beilage oder ein Dessert“, sagte Kelly, als sie Nates nackte Füße kitzelte. „Der Nachbarschaftsverein sorgt für Burger und Hot Dogs.“

Das waren mehr Informationen, als Anderson brauchte oder wollte. Er konnte das Positive am Leben in den Vororten sehen – zumindest für die meisten Menschen. Hier herrschte eine fürsorgliche, familienorientierte Atmosphäre. Aber, Himmel, die Leute beobachteten einen die ganze Zeit und urteilten über alles, was man tat.

Anderson vermisste beinahe den heruntergekommenen Trailerpark aus seiner Jugend. Dort hatte er gewusst, wo er stand und wann er mit Ärger zu rechnen hatte, was oft der Fall gewesen war. Die Leute dort hatten vielleicht auch beobachtet, was man tat, aber sie hatten nicht das Bedürfnis gehabt, Kommentare abzugeben und sich einzumischen.

Bis die Situation eskaliert war. Er verzog das Gesicht bei der Erinnerung an die Tage, an denen selbst die Fahrt mit dem Schulbus gefährlich gewesen war. Er hatte mehr als eine Brotdose aus Metall zerstört, indem er sie als Waffe benutzt hatte. Das Leben in einer solchen Umgebung hatte ihn vorsichtig gemacht. Das Leben an einem Ort wie diesem hatte ihn hingegen dazu gebracht, weniger wachsam zu sein. Er war weich geworden und es machte ihn wütend.

Und es hatte ihn vorhin in Schwierigkeiten gebracht. Die schöne Gegend, in der die Ausweise versteckt gewesen waren, war idyllisch, aber dort lauerte Gefahr, so wie an jedem anderen Ort auch. Dem äußeren Schein zu trauen war immer ein Fehler. Sie waren fast erwischt worden und das war seine Schuld gewesen. Er konnte nicht zulassen, dass wieder etwas seine Sinne benebelte.

„Danke. Wir werden da sein“, sagte Violet zu Kelly, bevor sie die Tür schloss.

Anderson wartete, bis er sah, wie die Frau die Straße zu ihrem Haus überquerte. „Ich hasse es, in einem Goldfischglas zu leben. Sie wissen wahrscheinlich auch schon, was wir zum Abendessen kochen.“

„Sie war nett. Und ein bisschen neugierig, aber ich bin sicher, sie meint es nicht böse.“ Violet reichte ihm Nate, als das Kind seine Arme ausstreckte.

„Das mag stimmen, aber wir sind auf einer Mission.“ Er drückte Nate an sich, was ihm inzwischen zur zweiten Natur geworden war. „Wir müssen misstrauisch sein.“ Wenn sie irgendwo anders auf der Welt gewesen wären, hätte er seine Waffe gezogen, bevor er die Tür öffnete.

„Habe ich in irgendeiner Weise unsere Sicherheit gefährdet?“, fragte sie herausfordernd. „Oder habe ich gegen das Protokoll verstoßen?“

„Nein“, musste er zugeben. Sie war vorsichtig gewesen, aber ihre Situation machte ihn trotzdem nervös.

„Wir werden das durchstehen“, sagte sie mit fester Stimme. „Kannst du Nate bis zu seinem Nickerchen im Auge behalten? Ich möchte mir die Informationen genauer ansehen.“

„Sicher.“ Anderson ging mit Nate ins Wohnzimmer und benutzte Wiffy, um Allen Zimmerman erneut zu kontaktieren. Er hielt seine Stimme gesenkt, damit er Violet, die am Esstisch saß, nicht störte.

„Wie ist es gelaufen?“, fragte Allen, ohne sich um eine Begrüßung zu kümmern. „Sie haben es zu allen drei Orten geschafft.“ Über die App auf Wiffy konnte Rogers‘ Team ihre Bewegungen nachverfolgen.

„Wir konnten uns das letzte Objekt nicht holen. Wir hatten Gesellschaft.“ Er gab Allen eine Beschreibung des SUVs und des Mannes, der ihn gefahren hatte. Er wünschte, er wäre näher an ihn herangekommen, aber er glaubte, sich zu erinnern, dass der Kerl eine Narbe auf der linken Wange gehabt hatte. Das könnte dabei helfen, ihn zu identifizieren.

„Also brauchen Sie immer noch neue Ausweise“, sagte Allen. „Ich werde unsere Leute beauftragen, daran zu arbeiten und ein neues sicheres Haus für Sie zu finden. Der Bungalow ist kompromittiert.“

„Das können Sie laut sagen“, knurrte Anderson und mäßigte dann seinen Ton. „Tut mir leid. Danke. Ich weiß zu schätzen, dass Ihr Team so viel für uns tut.“

„Kein Problem. Seien Sie vorsichtig“, sagte Allen und legte auf.

„Wir müssen vorsichtig sein, sagt er“, murmelte Anderson an Nate gewandt, der sich mit dem Daumen im Mund auf seinen Schoß gekuschelt hatte. „Als ob ich vorhätte, dich in Gefahr zu bringen.“

Der Befehl, vorsichtig zu sein, hatte Anderson immer irritiert. Es hatte Zeiten in seinem Leben gegeben, als er rücksichtslos gewesen war, aber damals war er ein wildes Kind aus einer kaputten Familie gewesen. Als SEAL hatte er gelernt, dass Sicherheit von seiner Ausbildung und seinem Vertrauen in seine Teamkameraden abhing. Da ihn weder das eine noch das andere jemals im Stich gelassen hatte, empfand er es als unnötig, zur Vorsicht ermahnt zu werden.

Heute hatte er allerdings fast versagt. Vielleicht waren die Worte eine gute Erinnerung daran, was seine Pflicht bei dieser Mission war.

Während des restlichen Tages wechselten sich Violet und Anderson bei Nates Betreuung ab. Anderson nutzte seine kinderfreie Zeit, um die Alarmanlage und die Kameras zu überprüfen. Dann führte er draußen weitere Sicherheitskontrollen durch. Er musste die Runden um das Grundstück so aussehen lassen, als würde er Gartenarbeiten erledigen, aber das war leicht zu bewerkstelligen. Er goss die Sträucher vor dem Haus und behielt dabei die Straße im Auge. Dann patrouillierte er mit einer Flasche Unkrautvernichter in der Hand durch den Garten. Niemand stellte sein Verhalten infrage, weil er wie jeder andere Vorstadtvater aussah.

Nach der letzten Überprüfung des Grundstücks an diesem Abend, die er als Biertrinken auf der Terrasse getarnt hatte, ging er ins Haus und aktivierte die Alarmanlage.

„Nate ist heute Abend schnell eingeschlafen", sagte Violet, als Anderson das Esszimmer betrat. „Ich denke, er war noch müde von gestern, aber das ist mir nur recht."

Anderson sah auf den Tisch. Sie hatte die Informationen beiseitegeschoben und mit einem Puzzle begonnen. Er hob den Deckel der Schachtel auf, um sich das Motiv anzusehen. Es war eine Ozeanszene mit einem Stachelrochen, der durch die Mitte schwamm. Das Puzzle bestand fast ausschließlich aus Blautönen, was es schwierig machen würde.

„Möchtest du dich mir anschließen?", fragte sie und zog den Stuhl neben ihrem unter dem Tisch hervor.

„Sicher", sagte er und nahm den angebotenen Platz ein. Die Arbeit an dem Puzzle würde dabei helfen, seine Hände und seinen Verstand zu beschäftigen.

„Ich habe die Randstücke von den anderen Teilen getrennt." Sie deutete auf einen kleinen Haufen vor sich. „Ich mache gern die Kanten zuerst."

„Ich wusste nicht, dass es dafür eine Methode gibt." Die wenigen Male in seinem Leben, die er gepuzzelt hatte, hatte er die Teile einfach auf den Tisch geworfen und angefangen.

„Darauf kannst du wetten", sagte sie und setzte eine Ecke zusammen. „Warum drehst du nicht alle anderen Teile um, sodass wir die Motivseite sehen können?"

„In Ordnung." Er begann mit der Aufgabe, die sie ihm zugewiesen hatte. „Hast du bei den Informationen etwas Neues entdeckt?"

„Ich denke darüber nach", sagte sie, ohne aufzusehen. „Das Ganze muss sich erst noch entfalten." Sie hatte diese Formulierung auch benutzt, als sie in Moskau gewesen waren, und er fand sie eigenartig … aber Ideen in ihrem Kopf zu drehen und zu wenden funktionierte offenbar für sie. „Ich bin inzwischen überzeugt davon, dass wir hier nicht weniger sicher sind als anderswo.“

„Ich weiß nicht, ob das beruhigend ist“, erwiderte er.

Sie zuckte mit den Schultern. „Die Wahrheit ist, dass jemand nach uns sucht. Wir können wegrennen und uns verstecken, aber so kann es nicht ewig weitergehen.“

Er nickte. „Wir müssen uns zur Wehr setzen.“ Er hatte den ganzen Tag darüber nachgedacht, wie das funktionieren könnte. Er wollte nicht, dass es hier geschah – oder irgendwo, wo sie und Nate ins Kreuzfeuer geraten könnten.

„Ich hoffe, wir können das vermeiden. Uns zur Wehr zu setzen mit …“ Sie musste den Satz nicht beenden. Die Sorge um Nates Wohlergehen hatte bereits verhindert, dass Anderson seine Pläne vollständig umsetzen konnte.

Sie arbeiteten eine Weile schweigend und setzten Puzzleteile zusammen. Zuerst vollendeten sie den Stachelrochen. Nachdem das Hauptmotiv fertig war, blieben die anspruchsvolleren Ozeanteile übrig. Anderson beobachtete, wie Violet sich konzentrierte, als sie Puzzleteile aus der Schachtel auswählte.

„Du orientierst dich nicht an der Farbe“, sagte er und merkte plötzlich, dass sie sich nur nach den Formen der Teile richtete, um festzustellen, wo sie hingehörten.

„Es geht um Muster.“ Sie griff nach einem anderen Teil. „Es gibt nur eine begrenzte Anzahl unterschiedlicher Formen.“

Es sah ihr ähnlich, ein Puzzle wie eine Analyse zu behandeln. „Warum sollte ich dann die Teile umdrehen?“, fragte er.

„Das war für dich. Ich wollte nicht, dass du dich schlecht fühlst, wenn ich die meisten Teile zusammensetze. Ich dachte, wenn du die Farben siehst, hast du eine Chance zum Ausgleich."

„Ein Puzzlewettbewerb?" Er grinste. „Davon habe ich noch nie gehört."

„Alles kann ein Wettbewerb sein, wenn man einen würdigen Gegner hat." Sie zog seine Hand vom Tisch und legte ein Puzzleteil dorthin, wo sie gewesen war. Bevor sie seine Hand wieder fallen ließ, drückte sie seine Finger.

„Ich bin froh, dass du mich als würdig erachtest." Seine Stimme war scherzhaft, aber er mochte, wie sie ihn wahrnahm.

Sie sah mit warmen Augen auf. „Du bist einer der härtesten Konkurrenten, die ich kenne, aber du solltest dich mehr anstrengen, sonst werde ich gewinnen."

„Zählst du etwa, wie viele Teile du schon zusammengesetzt hast?"

„Vierhundertsieben", sagte sie, als sie ein weiteres Teil einfügte. „Das ist fast die Hälfte des Puzzles."

So wie er es sah, hatte er zwei Möglichkeiten. Er konnte sich beeilen und ein paar Teile zusammenfügen oder er konnte zu einem strategischen Ablenkungsmanöver greifen. Eine Methode übte definitiv einen größeren Reiz auf ihn aus als die andere. Er legte seinen Arm um ihre Taille und zog sie auf seinen Schoß, was sie zum Lachen brachte.

„Ich weiß, was du vorhast", sagte sie, aber sie versuchte nicht, sich ihm zu entziehen.

„Wird es funktionieren?" Es war ihm egal, da er es genoss, sie einfach nur so nahe bei sich zu spüren. Es hatte ihn selbst überrascht, sie auf diese Weise berühren zu wollen. Die Anziehungskraft zwischen ihnen war nicht zu leugnen, aber ihrem Umgang miteinander wohnte jetzt eine Zärtlichkeit inne, die er noch nie zuvor gekannt hatte.

„Könnte sein“, gab sie zu. Ihre Finger schoben sich unter sein Shirt. „Aber dein Plan hat einen Haken. Während ich hier sitze, kannst du keine Teile in das Puzzle einfügen.“

„Du auch nicht“, sagte er.

„Wirklich?“ Sie drehte sich halb in seinen Armen, schnappte sich ein Teil und fügte es perfekt ein. „Was sagst du dazu?“

Er zog sie fester an sich und eroberte ihre Lippen mit einem Kuss, der ihn das Puzzle völlig vergessen ließ. Sie schlang ihre Arme um seinen Hals, als der Kuss inniger wurde. Er hätte für immer so bleiben können, aber schließlich lehnte sie sich zurück.

„Vielleicht sollten wir ins Bett gehen“, schlug sie mit heiserer Stimme vor.

Er hätte nichts lieber getan, als sie zum Bett zu tragen, aber die Sorge um ihre Sicherheit hinderte ihn daran, ihr zuzustimmen. „Ich denke, ich werde heute Nacht hier unten auf der Couch schlafen.“

Ihr Gesicht wurde sofort ernst. „Warum?“

„Ich muss bereit sein, wenn jemand versucht, hier einzubrechen.“ Er hatte bereits in Gedanken durchgespielt, was er tun würde, wenn dies geschah, und war zu dem Schluss gekommen, dass die beste Verteidigung darin bestand, dass er im Erdgeschoss blieb.

„Ich denke, wir sind vorerst in Sicherheit“, sagte sie und wiederholte ihre frühere Einschätzung.

Er schüttelte den Kopf. „Du weißt genauso gut wie ich, dass wir angreifbar sind. Es ist, wie du sagst. Nur ständig in Bewegung zu bleiben würde uns schützen, aber das können wir nicht.“ Nicht mit einem Baby im Schlepptau, aber das musste er nicht extra erwähnen.

Sie ließ ihren Kopf an seine Schulter sinken. „Du hast wahrscheinlich recht. Ich hatte nur … gehofft.“

„Ich bin nicht bereit, euer Leben für eine Hoffnung aufs Spiel zu setzen.“ Er würde sich niemals verzeihen, wenn ihr oder Nate in seiner Obhut etwas passierte.

Sie blieb noch ein paar Minuten bei ihm und lehnte sich an ihn. Und es fühlte sich … schön an. Schließlich hob sie den Kopf und schenkte ihm ein kleines Lächeln. „Du darfst aber nicht mit dem Puzzle weitermachen, während ich schlafe.“

„Versprochen“, sagte er, stand auf und stellte sie sanft auf die Füße. Er gab ihr noch einen Kuss und wartete, bis sie nach oben gegangen war, bevor er eine letzte Sicherheitskontrolle im Haus durchführte. Es war seine Pflicht, dafür zu sorgen, dass Violet und Nate unversehrt blieben. Wenn er dabei versagte, würde er sich niemals vergeben können.

KAPITEL DREIZEHN

„Anderson!“ Violets Stimme riss ihn aus einem leichten Schlaf. Etwas stimmte nicht. Er überprüfte seine Umgebung und hörte sie wieder nach ihm rufen, diesmal mit leiserer Stimme. Er griff nach der Waffe, die er auf dem Couchtisch liegen gelassen hatte, und stürmte die Treppe hinauf.

Als er oben ankam, sah er, wie sie auf dem Flurboden saß und den Kopf zwischen die Knie gesteckt hatte. War sie verletzt? Er suchte nach Blut oder einem anderen Anzeichen dafür, dass sie angegriffen worden war.

„Was ist los?“, fragte er, blieb stehen und ließ sich vor ihr nieder.

„Mir ist schwindelig und ich fühle mich schrecklich.“ Sie legte den Kopf schief. Ihr Gesicht war blass. „Ich kann Nate nicht erreichen. Holst du ihn aus seiner Wiege?“

„Natürlich, aber zuerst helfe ich dir.“ Er schob die Waffe in seinen Hosenbund, damit er einen Arm hinter ihren Rücken und einen unter ihre Knie legen und sie vom Boden aufheben konnte.

„Ich kann gehen“, murmelte sie schwach, aber ihr Kopf lehnte an seiner Brust.

„Das glaube ich nicht.“ Er trug sie ins Hauptschlafzimmer und setzte sie sanft auf das Bett.

„Es ist wahrscheinlich nur eine Erkältung“, murmelte sie, als sie ihren Kopf auf das Kissen sinken ließ. „Vielleicht fühle ich mich besser, wenn ich eine Weile schlafe.“

„Du musst den Rest des Tages im Bett bleiben“, sagte er und hielt seine Stimme sanft.

„Das kann ich nicht. Mütter können sich diesen Luxus nicht erlauben.“

„Diese hier schon. Du hast heute frei“, sagte Anderson. Er hörte über das Babyfon, wie Nate vor sich hin plapperte. „Lass mich ihn holen, dann komme ich zurück, um nach dir zu sehen. Bewege dich nicht.“

Als er zwanzig Minuten später wiederkam, hatte sich Violet auf der Seite zusammengerollt und schlief tief und fest. Sie sah zart und zerbrechlich aus, ganz anders als sonst, und sein Herz schmerzte bei dem Anblick. Von Zärtlichkeit überwältigt, beugte er sich vor, um ihre Stirn zu küssen. Ihre Haut fühlte sich trocken und zu warm an.

Er zog sich aus dem Raum zurück und überlegte, was er tun könnte, damit sie sich besser fühlte. Er selbst war selten krank, aber er nahm an, dass sie Flüssigkeit und etwas zur Senkung des Fiebers brauchte.

„Sieht so aus, als würden wir einkaufen gehen, Kumpel“, sagte er zu Nate. Ein Einkauf mit einem Baby wäre keine leichte Aufgabe, aber er konnte es schaffen. Er stellte sicher, dass Nate eine frische Windel trug, griff nach der Tasche, die Violet immer für das Baby dabeihatte, und ging zum Auto.

„Guten Morgen“, rief Kelly. Sie joggte den Bürgersteig entlang.

„Hallo“, antwortete er, als er Nate auf seinem Kindersitz anschnallte.

„Machen Sie so früh schon einen Ausflug?“ Ihr Tempo verlangsamte sich.

Obwohl Anderson wusste, dass ihre Frage freundlich gemeint war, fühlte er sich unwohl. Er wollte keine Details über sein und Violets Leben preisgeben. Er musste jedoch etwas sagen, da es seltsam aussah, dass er so früh am Morgen mit dem Baby wegfuhr.

„Violet geht es heute nicht gut“, erklärte er. „Wir müssen ein paar Sachen besorgen.“

„Es tut mir leid, das zu hören.“ Ihr Gesicht war sofort voller Sorge. „Kann ich irgendetwas tun?“

„Nein, ich habe alles im Griff … danke“, fügte er hinzu. Ein Teil von ihm wünschte, er könnte sie bitten, auf Nate aufzupassen, aber er wollte sein Kind niemandem anvertrauen, bei dem er keine vollständige Hintergrundüberprüfung durchgeführt hatte.

Anderson steuerte den nächsten Laden an und sang auf der Fahrt laut und schief, um Nate zu unterhalten. Als sie ankamen, stellte er fest, dass der Junge zu klein war, um in einen Einkaufswagensitz zu passen – er wäre wahrscheinlich durch eines der Löcher für die Beine gerutscht.

Anderson zögerte. Wie machten andere Eltern das? Er sah sich um, aber sonst hatte niemand im Laden ein Baby.

„Ich muss mir etwas überlegen“, murmelte er Nate zu. Nachdem er eine Minute nachgedacht hatte, entschied sich Anderson, ihn zu tragen. Es schränkte ihn beim Einkaufen ein, aber er schaffte es, Tylenol und Gatorade zu besorgen. Hoffentlich würde sich Violet durch diese Kombination besser fühlen.

Er war nicht lange weg gewesen, aber als er zu dem sicheren Haus zurückkehrte, fand er einen kleinen Plastikbehälter auf der Vordertreppe. Er näherte sich ihm vorsichtig und sah, dass der Inhalt gefroren war. Unerwartete Pakete verhießen normalerweise nichts Gutes in seiner Welt, aber die beiliegende Nachricht linderte seine Anspannung.

Hausgemachte Hühnernudelsuppe – gut bei jeder Krankheit. Passen Sie auf sich auf.

Er musste nicht raten, von wem das war. Er achtete darauf, zu lächeln und in Richtung von Kellys Haus zu winken, wohl wissend, dass sie auf eine Reaktion auf ihr Geschenk warten würde.

„Ich schätze, es ist schön, Menschen zu haben, denen man wichtig ist“, murmelte er, als er Nate, seine Einkäufe und die Suppe durch die Haustür trug. Er legte Nate in den Laufstall und rannte die Treppe hinauf, um nach Violet zu sehen. Er war froh, als er feststellte, dass sie noch schlief. Da er wahrscheinlich alle Hände voll mit Nate zu tun haben würde, wenn sie aufwachte, ließ er eine Flasche Gatorade und ein paar Tabletten auf dem Nachttisch zurück.

Als er wieder nach unten ging, war Nate in seinem Laufstall eingeschlafen. Was jetzt? Anderson stemmte die Hände in die Hüften und sah sich um. Er hatte keine Aufgaben mehr und konnte nichts tun, um ihre Situation zu verbessern. Er konnte ihre Angreifer nicht jagen, er konnte nichts gegen das Datenleck tun und im Moment brauchte ihn niemand.

Es musste etwas geben, das er unternehmen konnte. Er überprüfte das verschlüsselte Telefon. Keine Nachrichten, was bedeutete, dass sich nichts geändert hatte. Als Nächstes sah er auf sein privates Handy. Er hatte einen Anruf von Patrick verpasst, der eingegangen sein musste, als er im Laden gewesen war.

Es wäre gut, mit jemandem von außen zu sprechen und eine andere Perspektive zu bekommen. Anderson fühlte sich ein wenig verloren. Als ob er nicht ganz die Kontrolle hätte. Er hasste dieses Gefühl. Violets Krankheit hatte ihren Anteil daran, aber alles an ihrer Lage führte dazu, dass er sich besorgter fühlte als sonst.

Da er seinem eigenen Handy nicht traute, wählte er Patricks Nummer auf Wiffy. Er war froh, als sein langjähriger Freund abnahm.

„Hey, Mann, es ist schön, von dir zu hören", sagte Patrick. „Wie läuft es?"

Anderson brachte ihn auf den neuesten Stand der Ereignisse, seit er und Violet in dem sicheren Haus angekommen waren. Er hielt sich an die Fakten und ließ alle persönlichen Themen aus.

„Und was hat dich tatsächlich so beunruhigt?", fragte Patrick, nachdem er schweigend zugehört hatte.

Anderson zögerte eine Sekunde, aber er hätte wissen müssen, dass Patrick spüren würde, dass er ihm etwas verschwieg. Seufzend gestand er die Wahrheit. „Ich fürchte, ich werde sie nicht beschützen können."

„Violet und deinen Sohn?"

„Ja." Anderson hatte sich an die Vorstellung gewöhnt, einen Sohn zu haben, aber sein Herz schlug schneller, als Patrick das Wort sagte. „Violet war schon oft in so einer Situation, aber Nate …"

„Kinder ändern alles", stimmte Patrick ihm zu. In Patricks Leben hatte sich in letzter Zeit viel verändert. Zuerst hatte er geheiratet und dann war seine sechsjährige Tochter gekommen, um bei ihm und seiner Frau zu leben. „Aber es lohnt sich."

„Ich weiß nicht", sagte Anderson und fühlte sich sofort schuldig, als er seinen Sohn ansah, der in seinem Laufstall schlief. Eltern zu sein war schwieriger, als er gedacht hatte, aber der Junge war … oh, verdammt, er wusste nicht, was er über seine Beziehung zu Nate sagen sollte. Er wusste nur, dass er sich unzulänglich fühlte, und das war genug, um ihn zu frustrieren und Zweifel in ihm zu wecken. „Was ist, wenn ich versage?"

„So darfst du nicht denken", sagte Patrick. „Hey, erinnerst du dich an damals, als wir im Pfadfinderlager waren?"

Anderson war nur einmal im Pfadfinderlager gewesen, in dem Sommer, als er acht Jahre alt war. Das Camp kostete Geld, deshalb hatten ihn seine Eltern in den anderen Jahren nicht angemeldet. Sie hatten ihn jedoch bis zu seinem zwölften Lebensjahr bei den Pfadfindern bleiben lassen, auch wenn ihre Motivation nicht wie die der meisten Eltern war. Pfadfindertreffen fanden zweimal pro Woche statt und dort gab es immer Snacks. Seine Eltern hatten sie als Kinderbetreuung und kostenlose Mahlzeiten betrachtet. Schon damals hatte Anderson ihr Spiel durchschaut und gewusst, dass es nicht in Ordnung war. Er hatte nie mehr gegessen als die anderen Jungen und behauptet, dass seine Eltern arbeiteten und deshalb keine Veranstaltungen mit ihm besuchen konnten.

„Es zählt nicht zu meinen schönsten Erinnerungen“, sagte Anderson.

„Wovon redest du? Du hast eine Expedition in den Wald geführt.“

„Meinetwegen haben wir uns alle verlaufen.“ Bei der Nachtwanderung hatten sie Geister jagen wollen, nachdem unzählige Geistergeschichten am Lagerfeuer erzählt worden waren. Geister hatten Anderson nie Angst gemacht, weil er früh gelernt hatte, dass die Realität viel schrecklicher war. Andere Kinder hatten jedoch Angst gehabt. Ein Kind namens Bobby hatte sich an ihn geklammert und schluchzend geschrien, dass sie alle sterben würden.

„Ja“, sagte Patrick, „aber du hast uns auch wieder zurück zum Lager gebracht. Wir sind in Panik geraten. Du nicht.“

„Die Betreuer haben mich angebrüllt“, seufzte Anderson. Sie waren nicht glücklich mit ihm gewesen, aber für die anderen Kinder war er ein Held gewesen. Zumindest ein oder zwei Tage lang.

„Das mussten sie tun, damit die anderen Kinder nicht auf eigene Faust losgezogen sind“, sagte Patrick, „aber sie waren auch stolz auf dich. Ich habe sie darüber reden gehört. Du hast sie überrascht, indem du ruhig geblieben bist und die Führung übernommen hast.“

„Worauf willst du hinaus, Patrick?“, fragte Anderson, der die Reise in die Vergangenheit satthatte.

„Du weißt, worauf ich hinauswill“, sagte Patrick. „Du hast es in dir, Probleme zu lösen. Bleib cool und benutze dein Gehirn, dann wird alles gut.“

Anderson wusste nicht, was er darauf sagen sollte. Er war nicht daran gewöhnt, von seinen Freunden aufgemuntert zu werden. Solche Gespräche waren normalerweise nicht erforderlich. Er wusste, wozu er fähig war. In seinem SEAL-Team kannte jeder seine Rolle und erfüllte sie. Aber diese Situation war anders als alles, was er je zuvor erlebt hatte. Sie involvierte ein Kind, das von ihm war, und eine Frau, die ihm mehr am Herzen lag, als sie sollte.

„Danke. Ich melde mich, wenn es etwas Neues gibt“, sagte Anderson und beendete den Anruf, bevor Patrick weiterreden konnte. Bei seinem Freund hatte es einfach geklungen, aber Andersons Probleme waren alles andere als das. „Nicht wahr, Kumpel?“, fragte er Nate, als er in den Laufstall blickte und das Kind zu ihm zurückstarrte.

Nate wies mit beiden Zeigefingern auf Anderson, ballte eine Hand zur Faust und bewegte sie zu sich. Moment. Das sah dem Zeichen für ‚Komm‘ verdammt ähnlich. War das ein Zufall? Nur eine zufällige Bewegung? Anderson hatte Nate diese Geste gezeigt und sie sogar mehrmals bei ihm benutzt, aber hatte das Baby sie sich wirklich eingeprägt? Anderson wartete und einige Sekunden später wiederholte Nate die Geste tatsächlich.

„Du hast sie dir gemerkt.“ Anderson beugte sich vor und wurde mit einem strahlenden Babylächeln belohnt, das sein Herz zum Schmelzen brachte. Warum musste das Kind das tun? Anderson wusste es nicht, aber er konnte nicht widerstehen. Er hob Nate hoch und bekam einen Klaps auf jede Wange. „Meinst du ‚Kuss‘? Du sollst das auf deinem Gesicht machen, nicht auf meinem, aber ich verstehe, was du sagen willst.“

Zum ersten Mal küsste Anderson das Gesicht seines Sohnes. Er hatte Violet häufig dabei zugesehen, aber er hatte sich zurückgehalten. Jetzt waren Nate und er zu zweit und niemand konnte sie sehen. Er presste seine Lippen auf die Wangen des Jungen und war überrascht über ihre Weichheit und den Babygeruch, der von ihm ausging. Anderson wusste, dass es nur der Duft von Shampoo war, aber er hatte etwas Besonderes an sich.

„Okay, was machen wir jetzt? Wir dürfen Mama heute nicht stören, aber wahrscheinlich sollten wir nach ihr sehen. Versprich mir, still zu sein.“ Anderson trug Nate ins Schlafzimmer und spähte hinein. Violet musste irgendwann aufgewacht sein, denn das Tylenol war verschwunden und die Flasche Gatorade war halb leer. Das war ein gutes Zeichen. Er hoffte, dass sie sich schnell erholen würde, wenn sie sich richtig ausschlief.

„Wir brauchen eine neue Windel für dich“, sagte er zu Nate, nachdem sie sich aus Violets Zimmer geschlichen hatten, „und dann … machen wir irgendetwas.“

Anderson verbrachte die nächste Stunde damit, Nate glücklich zu machen. Sie gingen an die Fenster und beobachteten Vögel und Schmetterlinge. Dann wühlte Anderson im Spielzeugkorb im Wohnzimmer herum. Kein Spielzeug begeisterte Nate länger als ein paar Minuten, bevor er es wegwarf und unzufrieden wurde. Als er anfing, sich immer mehr aufzuregen, sah sich Anderson verzweifelt nach einer Lösung um und entdeckte die Babytrage, die Violet manchmal benutzte. Er verstellte die Träger und setzte Nate so hinein, dass der Junge Brust an Brust mit ihm war. Das Baby wurde sofort ruhiger.

„Sehr gut“, sagte Anderson, „und meine Hände sind frei.“ Er ging im Haus auf und ab und suchte nach kleinen Aufgaben, die er erledigen konnte. Dann schrieb er etwas in sein Notizbuch und erzählte Nate davon. Der Klang seiner Stimme half dabei, das Baby bei Laune zu halten. In der Küche organisierte Anderson die Speisekammer und den

Kühlschrank neu und stellte ähnliche Dinge in Gruppen nebeneinander.

Er setzte gerade ein paar Puzzleteile zusammen und sagte Nate, dass seine Mutter wütend darüber sein würde, dass er ohne sie an dem Puzzle arbeitete, als er bemerkte, dass der Kleine an seinem Oberkörper eingeschlafen war.

„Du bist endlich eingenickt, hm?“, fragte Anderson leise und strich mit einer Hand über Nates Kopf. Vorsichtig nahm er die Babytrage ab und holte Nate heraus. Er wusste, dass er seinen Sohn in den Laufstall oder in seine Wiege legen sollte, aber etwas daran, den Jungen zu halten, faszinierte ihn. Er hatte in letzter Zeit viel über Kinder gelernt, unter anderem, dass schlafende Babys perfekte kleine Kunstwerke waren.

Er würde nur ein paar Minuten mit ihm auf der Couch sitzen, bevor er ihn hinlegte. Anderson lehnte sich auf dem Sofa zurück, während Nate auf seiner Brust ruhte, und spürte, wie ihn eine unerwartete Zufriedenheit überkam.

KAPITEL VIERZEHN

Als Violet die Augen öffnete, fühlte sie sich, als wäre sie von einem Truck überfahren worden. Sie hatte den ganzen gestrigen Tag im Bett verbracht und war nur ein paarmal aufgewacht, als Anderson gekommen war, um nach ihr zu sehen. Sie hatte Nate nur einmal weinen gehört, also musste Anderson das Baby gut unterhalten haben.

Sie hatte Glück, dass Anderson da war. Er hatte sich auf eine Weise um sie gekümmert, die darauf hindeutete, dass zwischen ihnen mehr als nur körperliche Anziehung sein könnte. Sie hatte gespürt, wie er sie zugedeckt, ihre Haare gestreichelt und ihre Stirn geküsste hatte. Die gleiche Zärtlichkeit hatte sie in der Art gesehen, wie er mit Nate umging. Könnte es sein, dass er Teil ihrer Familie sein wollte?

Sie sollte sich keine falschen Hoffnungen machen, die nur zu Enttäuschungen führen würden. Aber während ihrer gemeinsamen Zeit hatte sie festgestellt, dass ihr Interesse an ihm tiefer ging, als sie ursprünglich gedacht hatte. Vielleicht war es der Umstand, dass sie ein gemeinsames Kind hatten, der diese Gefühle hervorrief, aber sie wollte ihn in ihrem Leben behalten. Sie starrte an die Decke und seufzte schwer.

Langsam stand sie auf und zog sich frische Kleidung an. Im Badezimmer putzte sie sich die Zähne und trug getönte Feuchtigkeitscreme auf ihr Gesicht auf, um ihre Blässe zu verbergen. Sie betrachtete sich im Spiegel. Sie sah fast wie ein Mensch aus – nicht gut, aber lebendig und funktionstüchtig. Als sie fertig war, ging sie die Treppe hinunter und hielt sich dabei mit einer Hand am Geländer fest.

„Was machst du hier? Solltest du nicht im Bett sein?" Anderson eilte die Treppe hinauf und erreichte sie, bevor sie auf halber Höhe war.

„Ich glaube, es geht mir schon besser", sagte sie immer noch ein wenig benommen. „Danke, dass du dich gestern um alles gekümmert hast."

„Kein Problem." Er musterte ihr Gesicht. „Du solltest den Tag auf der Couch verbringen."

Er legte seinen Arm um ihre Taille und führte sie ins Wohnzimmer, wo er sie auf die Couch setzte und sogar ein Kissen hinter ihren Rücken legte. Sie blickte in sein besorgtes Gesicht und versuchte, daran vorbei zu seinem Herzen zu sehen. Wenn sie in ihn hineinsehen könnte, was würde sie finden? Einen Mann, der nur tat, was er tun musste, um diese Mission zu erfüllen? Oder etwas anderes, etwas Persönlicheres?

„Danke", murmelte sie und brachte ein schiefes Lächeln zustande.

„Was kann ich dir bringen?", fragte er.

„Nichts." Sie hasste, sich einzugestehen, dass ihr schon von dem Wenigen, das sie getan hatte, schwindelig war. Ihre Beine zitterten und ihr war kalt. Vielleicht war ein Tag auf der Couch ein guter Plan. „Wo ist Nate?"

„Er döst in seiner Wiege", sagte Anderson.

„Oh, das ist ungewöhnlich um diese Zeit." Sie warf einen Blick auf die Uhr. Nates Zeitplan war seit dem Umzug in das sichere Haus durcheinander gewesen, aber nun lief er anscheinend völlig aus dem Ruder. „Ist er früh aufgewacht?"

„Nein, er schien nur müde zu sein, also habe ich ihn hingelegt."

Sie nickte und hatte keine andere Wahl, als sich auf Andersons Einschätzung zu verlassen, weil sie nicht dagewesen war, um selbst nach Nate zu sehen. Es war wahrscheinlich in Ordnung.

„Möchtest du, dass ich dir die Informationen bringe?", bot Anderson an. Sie waren immer noch im Esszimmer, das weit entfernt wirkte, wenn man bedachte, wie sie sich fühlte.

„Sicher, dann habe ich etwas zu tun", sagte sie.

Anderson holte verschiedene Akten und den Laptop. Sie überprüfte noch einmal alles, was sie bereits durchgesehen hatte, fand aber nichts Neues. Es war frustrierend. Sie musste Details übersehen haben, die verrieten, warum und von wem genau sie ins Visier genommen worden waren. Alles deutete auf Volkhovs Organisation hin, aber sie konnte sich nicht sicher sein, wer sie in seinem Namen verfolgte. Wenn sie es wäre, könnten sie vielleicht Maßnahmen ergreifen und es beenden. Die Ungewissheit machte sie noch verrückt.

Sie warf die Akte, die sie überprüft hatte, auf den Couchtisch und lauschte Anderson und Nate. Das Babygeplapper in der Küche sagte ihr, wo sie waren, also stand sie auf, um sich ihnen anzuschließen. Sie schaffte es bis zur Küchentür und lehnte sich erschöpft an den Türrahmen. Anderson hatte Nate in die Babytrage gesetzt und räumte gerade die Spülmaschine aus. Anstatt sich zu bücken, um das Geschirr zu holen, machte Anderson Kniebeugen und Sprünge, bei denen Nate vor Vergnügen quietschte.

„Bist du sicher, dass du das mit ihm machen solltest?", fragte sie. Sie hatte Horrorvorstellungen davon, wie Nate aus der Babytrage zu Boden stürzte.

Anderson blieb bei ihren Worten stehen. „Es scheint okay zu sein", sagte er, „aber wenn es dir nicht recht ist, höre ich auf."

„Bitte", sagte sie. „Ich denke nicht, dass es sicher ist." Ihre Befürchtungen waren wahrscheinlich unbegründet, aber sie konnte nicht aufhören, sich Sorgen zu machen.

„Natürlich", stimmte Anderson bereitwillig zu. „Wir gehen ein bisschen in den Garten. Willst du dich auf die Terrasse setzen?"

Ein Schwindelgefühl überkam sie und sie schüttelte den Kopf. „Denke daran, ihn vor direkter Sonneneinstrahlung zu schützen. Babys bekommen leicht einen Sonnenbrand."

„Hast du Sonnencreme für ihn?"

„Nein", fauchte sie, „das kannst du nicht bei Kindern in seinem Alter anwenden." Warum wusste Anderson das nicht? „Du darfst keine Chemikalien auf so junge Haut auftragen."

„Okay", sagte Anderson und sein Gesichtsausdruck wurde hart. „Das wusste ich nicht."

„Ich gehe wieder zur Couch", sagte sie, da das Schwindelgefühl schlimmer wurde.

„Kann ich dir irgendetwas bringen?", fragte Anderson. „Toast, Cracker?"

Sie murmelte „Nein, danke" und kehrte zur Couch zurück, wo sie einschlief. Als sie aufwachte, war es früher Abend und sie fühlte sich besser. Der Raum schwankte nicht mehr, als sie sich aufsetzte. Sie sah sich um. Nate musste im Wohnzimmer gespielt haben, während sie geschlafen hatte. Spielzeug, das normalerweise im Korb aufbewahrt wurde, war über den Boden verstreut. Sie fühlte sich sofort schuldig. Sie hätte wissen sollen, dass ihr Sohn nur wenige Meter von ihr entfernt spielte, aber sie hatte geschlafen. Wie konnte sie die Betreuung ihres Babys einem Mann überlassen, der fast nichts über Kinder wusste?

Anderson hatte seine Sache bislang gut gemacht – aber er war unerfahren. Und wenn etwas passiert wäre? Wusste Anderson über Erste-Hilfe-

Maßnahmen für Säuglinge Bescheid? War er sich der Erstickungsgefahr bewusst? Er war für Wunden auf dem Schlachtfeld ausgebildet, nicht für Kinder. Was wäre, wenn …

Sie stoppte die Gedanken. Sie war unvernünftig. Anderson war ein intelligenter Mann. Er würde die richtige Entscheidung treffen. Zur Hölle, er hätte sie einfach wecken können, wenn er Hilfe gebraucht hätte. Aber sosehr sie sich auch für eine Beziehung mit Anderson interessieren mochte, sie konnte nicht vergessen, dass Nate letztendlich ihre Verantwortung war. Das hatte sie akzeptiert, als sie das Pluszeichen auf dem Schwangerschaftstest gesehen hatte. Und das machte es schwierig, die Kontrolle aufzugeben, vor allem während sie gejagt wurden und auf der Flucht waren.

Sie war unheimlich erschöpft, das war das Problem. Erschöpft und frustriert über ihre Situation. Sie sah zu den Informationen, die immer noch auf dem Couchtisch lagen, und verzog das Gesicht. Gerade als sie danach griff, um einen weiteren Blick darauf zu werfen, hörte sie, wie Wasser in die Badewanne strömte.

Anderson hatte bei Nates Bad mitgeholfen, aber er hatte es noch nie allein gemacht. Kannte er die richtige Wassertemperatur? Wusste er, dass er Nate nicht einmal eine Sekunde unbeaufsichtigt in der Wanne lassen durfte?

Sie stand schneller von der Couch auf, als sie sich in den vergangenen zwei Tagen bewegt hatte. Oben angekommen, öffnete sie die Badezimmertür. Nate saß allein in der Wanne und Andersons große Hand stützte seinen Rücken. Sie lachten beide, aber es minderte ihren Stress nicht. Nate könnte umfallen und ein Baby konnte bereits in einem Zentimeter hohem Wasser ertrinken.

„Du solltest ihn nicht so baden“, sagte sie. „Er sitzt noch nicht sicher.“

„Ich habe ihn, Violet. Er geht nirgendwo hin.“ Anderson wrang den

Waschlappen mit einer Hand aus und drapierte ihn über dem Rand der Wanne.

„Er könnte dir leicht entgleiten.“ Kinder waren furchtbar schwer festzuhalten.

Anderson seufzte. „Ich werde ihn aus der Wanne nehmen. Wir sind ohnehin fertig. Willst du ihn ins Bett bringen?“

„Ich …“ Sie traute sich noch nicht zu, Nate zu tragen. „Bringst du ihn in sein Zimmer? Den Rest mache ich.“ Sie schaffte es, Nate einen Strampelanzug anzuziehen und ihn in seine Wiege zu legen. Sie wollte Zeit mit ihm verbringen, also blieb sie, streichelte seine Haare und sang ihm ein Lied vor, bis er einschlief. Sie musste zugeben, dass es ihm nach zwei Tagen in Andersons Obhut gut ging, aber ihr Mutterherz schmerzte.

Als sie nach unten ging, kam Anderson gerade mit einer halb leeren Flasche Bier in der Hand aus der Küche. Er folgte ihr ins Wohnzimmer, wo sie sich auf den Boden kniete und die verstreuten Spielsachen einsammelte, um sie wieder in den Korb zu legen. Als sie fertig war, sah sie auf und bemerkte, dass er sie schweigend beobachtete.

„Ich schätze, das habe ich auch falsch gemacht“, sagte er und trank einen Schluck Bier.

„Hm?“ Wovon sprach er?

„Ich habe die Spielsachen nicht sofort aufgeräumt, wusste nichts über Sonnencreme und habe Nate falsch gebadet. Wobei habe ich heute noch versagt?“, fragte er herausfordernd.

„Was …“

„Ich habe dir von Anfang an gesagt, dass ich nicht dazu geeignet bin, Vater zu sein.“ Er knallte die Bierflasche auf den Couchtisch. „Ich glaube, das habe ich dir jetzt bewiesen.“

„Das ist nicht … ich wollte nicht kleinlich sein. Es ist nur …"

Er warf ihr einen Blick zu, der sie zum Schweigen brachte. „Du traust mir nicht zu, dass ich mich um ihn kümmere, und ich denke, ich kann dir deswegen keine Vorwürfe machen. Schließlich kennst du mich und meine Familiengeschichte."

Sie wusste, was ihre Nachforschungen ergeben hatten und was er selbst einige Abende zuvor erzählt hatte. Er hatte echte Bedenken hinsichtlich seiner Fähigkeit, Vater zu sein, aber sie dachte, sie hätte ihn darin bestärkt, dass er es konnte. Außer … außer heute, als sie mit jedem ihrer Worte seine Selbstzweifel befeuert hatte. Sie hatte nichts anderes getan, als ihn zu kritisieren. Sie sank auf die Couch und ließ den Kopf hängen.

„Ich verstehe, dass du das Beste für Nate willst und das Bedürfnis hast, über seine Betreuung zu wachen." Andersons Stimme war sorgfältig neutral. „Das ist dein Recht als seine Mutter, und du machst es gut. Wir müssen beide akzeptieren, dass ich kein Vater sein kann. Ich habe es einfach nicht in mir."

„Es tut mir leid", sagte sie und sah auf. „Das wollte ich nicht. Ich bin nur … der Stress setzt mir zu. Mir ging es gut, bis ich krank wurde, und dann …" Sie fand Ausreden, was sie hasste, aber sie hatten auch etwas Wahres. Sie war frustriert über ihre Hilflosigkeit, frustriert über ihre Lage und frustriert über sich selbst, weil sie nicht mehr tun konnte. „Du hast dich um ihn gekümmert. Du hast getan, was ein Vater tut. Und zwar sehr gut. Bitte behaupte nicht, dass du nicht in der Lage bist, ein guter Vater für Nate zu sein, weil es einfach nicht stimmt."

„Doch, das tut es", konterte er. „Mutter zu sein ist für dich selbstverständlich. Du bist großartig darin und deinen Erzählungen nach zu urteilen, hattest du ein großartiges Vorbild. So funktioniert das. Es ist also nur logisch, dass du alles im Griff hast."

„Danke", sagte sie. „Ich weiß das zu schätzen." Sein Kompliment bedeutete ihr viel und sie lächelte ihn an. Er erwiderte das Lächeln nicht. Wenn überhaupt, sah er noch wütender aus mit seinen zusammengepressten Lippen und seiner gerunzelten Stirn. Worum ging es hier? Sie rückte die Akten auf dem Couchtisch zurecht und versuchte, seine Stimmung zu analysieren.

Oh. Eine Sekunde später begriff sie es. Indem sie sein Kompliment, dass sie eine gute Mutter aus einer Reihe guter Mütter war, angenommen hatte, hatte sie ihn in seiner Überzeugung bestärkt, dass er kein guter Vater sein konnte, weil er kein Vorbild hatte.

Aus dem Augenwinkel nahm sie eine Bewegung wahr und sah, wie Anderson aus dem Raum ging.

„Anderson. Warte. Bitte komm zurück. Ich muss dir etwas sagen", rief sie und beschloss, ihm etwas anzuvertrauen, das sie nur ihrer Mutter erzählt hatte.

„Was?" Seine Stimme klang gereizt, was es ihr schwermachte, weiterzusprechen.

Sie musste es ihm aber sagen. Das schuldete sie ihm und sie war froh, als er zurückkam und sich ihr gegenüber auf einen Stuhl setzte. Sie brauchte dennoch ein paar Sekunden, um zu beginnen.

„Ich habe dir schon gesagt, dass ich mich geweigert habe, mir einzugestehen, dass ich schwanger war, bis ich es nicht mehr leugnen konnte. Was ich dir nicht gesagt habe, ist, dass ich völlig panisch war. Ich dachte nicht, dass ich es schaffen könnte." Sie erinnerte sich an ihren rasenden Herzschlag und daran, wie sie eine Stunde lang entsetzt auf dem Badezimmerboden gesessen hatte. Danach war es ihr gelungen, sich in ihr Schlafzimmer zu schleppen, wo sie sich auf das Bett gelegt und gelähmt vor Angst an die Decke gestarrt hatte.

„Allein, meinst du", sagte er und deutete ihre Worte falsch.

„Ich meine, dass ich nicht dachte, überhaupt eine gute Mutter sein zu können." Er musste das verstehen. Die Erkenntnis, dass sie ein Baby bekam, war die emotionalste und chaotischste Zeit ihres Lebens gewesen. Eine Mischung aus Freude und Angst. „Ich dachte nicht, dass ich gut genug wäre, um für ein Baby zu sorgen. Ich? Ernsthaft? Welche Wendung des Schicksals würde ausgerechnet mich zur Mutter machen?"

„Wovon redest du?" Er kniff die Augen zusammen. „Du bist intelligent und talentiert. Du hast mehr zu bieten als viele andere Menschen."

„In diesen Bereichen vielleicht, aber die Fähigkeit, ein Kind zu lieben und sich darum zu kümmern … das ist anders. Ich hatte solche Angst, dass ich es nicht tun könnte. Ich habe mir während der Schwangerschaft Sorgen gemacht und als Nate geboren wurde …" Sie machte eine Pause, um ihre Gedanken zu ordnen. „Ich habe ihn angesehen und er war so schön und perfekt, dass ich das Gefühl hatte, nicht gut genug für ihn zu sein. Ich wusste nichts über Babys."

„Deine Mutter war da", sagte er verständnislos. Sie fragte sich, ob ihre Worte ihn überhaupt erreicht hatten. „Das hast du mir erzählt."

„Sie war da und dafür war ich sehr dankbar, aber er ist *mein* Kind. Und ich lerne immer noch jeden Tag, mich um ihn zu kümmern. Ich habe eine Million Bücher gelesen, Podcasts angehört und mir Ratschläge von Menschen geholt, denen ich vertraue. Und das alles hat geholfen …" Jetzt kam, was Anderson begreifen musste. „Aber eines Nachts, als Nate ungefähr einen Monat alt war, fand ich heraus, dass alles, was er brauchte, Liebe war. Ich liebte ihn so sehr, dass ich wusste, dass ich es schaffen würde. Ich könnte die Mutter sein, die er braucht und verdient. Manchmal habe ich immer noch Angst. Ich frage mich ständig, ob ich alles richtig mache. Ich denke, alle Eltern müssen da durch."

Er sagte nichts, als sie schließlich schwieg. Nach einer Minute nickte er knapp und verließ den Raum. Sie konnte nur hoffen, dass ihre Worte darüber, ein Kind mit Liebe großzuziehen, bei ihm angekommen waren. Anderson hatte Liebe in sich. Sie hatte gesehen, wie er mit Nate umging, und erinnerte sich nur zu gut daran, wie er sie im Arm gehalten und geliebt hatte. Die Liebe war da … aber er musste sich erlauben, sie zu empfinden.

KAPITEL FÜNFZEHN

„Shhh, Baby, es ist okay“, flüsterte Violet Nate zu und versuchte, den zappelnden Jungen zu beruhigen. Er war in der Nacht dreimal aufgewacht. Zweimal war sie zuerst bei ihm gewesen, aber Anderson hatte ihn um vier Uhr morgens sanft gewiegt, bis ihm die Augen zugefallen waren.

Trotzdem beharrte Anderson darauf, dass er nicht gut darin war, Vater zu sein. Sie schüttelte den Kopf. Das war nicht das, was sie in der vergangenen Nacht oder während ihrer Flucht gesehen hatte. Er war unerfahren, aber er schien von Natur aus zu wissen, was zu tun war.

„Er ist ein guter Daddy, nicht wahr?“ Sie trug Nate zum Wickeltisch und begann, ihn für den Tag anzuziehen. „Er weiß es einfach noch nicht.“

Sie hatte sich während der schlaflosen und einsamen Nacht Sorgen gemacht, dass ihre Worte nicht ausgereicht hatten, um Anderson davon zu überzeugen, dass er es schaffen könnte. Sie hatte ihm ihre eigenen Ängste gestanden in der Hoffnung, dass er sehen würde, dass niemand frei von Selbstzweifeln war. Eltern zu sein war nicht einfach. Ihre eigene Mutter bezeichnete es als den härtesten Job, den jemals jemand gemacht hatte. Violet konnte dieser Einschätzung nicht widersprechen.

„Leute, die behaupten, es sei einfach, sind dumm“, sagte sie mit sanfter Stimme zu Nate. „Oder sie sind Schauspieler in Fernsehsendungen, in denen alles perfekt ist.“ Nate kicherte. „Das ist richtig“, fuhr sie fort, „diese Leute sind dumm.“ Sie zog dem Baby ein sauberes Shirt über den Kopf. „Aber was machen wir mit deinem Daddy?“

„Wir müssen packen“, sagte Anderson an der Tür.

Sie versteifte sich. Wie lange hatte er schon dort gestanden? Hatte er gehört, was sie zu Nate gesagt hatte? Oh Gott, sie wollte dieses Gespräch nicht noch einmal führen. Nicht jetzt.

„Ist etwas passiert?“, fragte sie, um von dem persönlichen Thema abzulenken. Es würde einen passenden Zeitpunkt geben, in dem sie ihm ihr Herz ausschütten würde, aber nicht jetzt.

„Nicht wirklich“, sagte er, „aber sie haben ein anderes sicheres Haus für uns gefunden und mir die Koordinaten gegeben, um neue Ausweise zu besorgen.“

Sie bemerkte das Lächeln, das beim Klang von Andersons Stimme Nates Gesicht erhellte. Der Junge hatte eine Bindung zu seinem Vater. Er würde leiden, wenn sie getrennt wurden.

„Wir ziehen heute um?“ Das war plötzlicher als erwartet. Rogers‘ Team war wirklich effizient. Sie vermutete, dass sie dankbar sein sollte, aber der Gedanke an einen Umzug machte keinen Spaß. Violet sah sich im Raum um. Auf ihren Einkaufstouren hatte sie einige Dinge für Nate besorgt, die sie nicht zurücklassen wollte. Kleidung, Spielzeug, einen Laufstall und eine Babywippe.

„Sieht so aus. Ich werde unten unsere Sachen packen.“

„Ich mache das“, sagte sie, aber Anderson ging bereits weg. Nate wimmerte, als er verschwand. „Ich weiß, Baby. Ich wollte auch nicht, dass er geht."

In der nächsten halben Stunde trug sie abwechselnd Nate auf ihrer Hüfte, während sie sein Zimmer ausräumte, und legte ihn in seine Wiege. Er war immer nur ein paar Minuten zufrieden, was ihre Arbeit erschwerte.

Es gelang ihr viel schneller, ihre eigenen Habseligkeiten zu packen, aber Nate lag nur widerwillig lange genug auf ihrem Bett, dass sie ihre wenigen Kleidungsstücke und Kosmetika in eine Tasche stopfen konnte. Als sie fertig war, fühlte sie sich erschöpft und überfordert. Sie war schon früher in schwierigen Situationen gewesen, aber nie mit einem kleinen Kind.

In Wahrheit wollte sie, dass es endlich vorbei war, damit sie Nate nach Hause bringen konnte, selbst wenn sie es allein tun musste. Sie dachte nicht gern über diese Möglichkeit nach, aber sie wusste, dass die Unsicherheit zwischen ihr und Anderson die Situation noch stressiger machte, und das konnte sie nicht gebrauchen.

„Komm." Sie nahm Nate in den Arm, ergriff ihre Tasche und ging ein letztes Mal durch den Raum, bevor sie nach unten aufbrach. Als sie die unterste Stufe erreichte, hielt Anderson die Akten hoch, die sie ein paar Tage zuvor abgeholt hatten.

„Du musst dir das noch einmal ansehen", sagte er ohne Einleitung. „Möglicherweise hast du etwas übersehen. Du hast eine Stunde Zeit, bevor wir aufbrechen." Sein Ton war geschäftsmäßig und sie fragte sich, ob etwas von dem, was sie am Vorabend gesagt hatte, zu ihm durchgedrungen war. Würde er ihnen als Familie eine Chance geben?

Sie schluckte und schloss einen Moment lang die Augen, um ihre Kräfte zu sammeln. Nach zwei Tagen Krankheit und einer Nacht mit einem quengeligen Baby hatte sie keine Nerven mehr. Und sie war irritiert über Andersons Anweisung. Sie hatte die Seiten durchgesehen, sich Notizen gemacht und lange darüber nachgedacht, aber es hatte nicht Klick gemacht. Letztendlich war sie zu dem Schluss gekommen, dass die Akten keine sinnvollen Informationen enthielten. Als sie hörte, dass sie nicht gut genug gearbeitet hatte, fühlte sie sich nutzlos. Normalerweise konnte sie mit Kritik umgehen, aber nicht an diesem Morgen.

Sie wollte nur eine Minute für sich und eine Chance zum Nachdenken. Sie bemühte sich, das Gefühl der Überforderung zurückzuhalten, als Nates kleine Faust den Kragen ihres Shirts packte und daran riss, während seine Fingernägel über ihre Haut kratzten.

„Autsch, Baby", sagte sie und löste sanft seine Hand. Sie spürte heiße Tränen in ihren Augen und versuchte, sie wegzublinzeln.

„Hat er dir wehgetan?", fragte Anderson. Er ließ die Akten fallen und nahm ihr Nate ab.

„Nein, das hat er nicht. Ich bin nur …" Sie holte tief Luft und versuchte, sich zu beruhigen. Jetzt war nicht der richtige Zeitpunkt für einen Nervenzusammenbruch.

„Was ist es dann?" Anderson legte seinen Arm um ihre Schultern und führte sie ins Wohnzimmer, damit sie sich setzen konnte.

Er verstand es nicht, aber zumindest versuchte er nett zu sein. Sie wusste das zu schätzen, aber irgendwie führte seine plötzliche Freundlichkeit zu noch mehr Tränen. Sie hatte sich seit den Wochen nach Nates Geburt, als sie auf einer hormonellen Achterbahn gewesen war, nicht mehr so emotional gefühlt.

„Nichts. Schon okay. Es geht mir gut." Sie wischte die Tränen weg und versuchte, sich zu beherrschen.

Andersons Augen waren auf sie gerichtet, als er Nate auf seinem Knie hüpfen ließ. Schließlich sagte er: „Violet, du musst vor mir nicht so tun, als wäre alles in Ordnung. Ich habe gehört, was du letzte Nacht über den Kampf, eine gute Mutter zu sein, gesagt hast."

Sie schenkte ihm ein kleines Lächeln und gab die Wahrheit zu. „Es ist schwer, alles zu schaffen."

„Aber du tust es", sagte er. „Du kümmerst dich um Nate. Du bist die klügste Analystin, mit der ich je zusammengearbeitet habe. Im Ernst, Violet, du bist eine fantastische Frau."

„Danke", sagte sie, aber sie wollte jetzt keine Komplimente. Er meinte es gut, das hatte sie verstanden. „Ich brauche nur eine Minute." Sie konzentrierte sich auf ihre gefalteten Hände und holte langsam Luft, während Anderson und Nate leise den Raum verließen.

Es wäre ein guter Zeitpunkt für eine lange Laufrunde oder eine Yoga-Session gewesen, aber sie hatte keine Gelegenheit dazu. Das Beste, auf das sie hoffen konnte, waren zehn Minuten, um sich zusammenzureißen und damit umzugehen, dass sie sich von ihrer Verantwortung überwältigt fühlte.

Nach einigen tiefen Atemzügen begann sie, die Dinge in die richtige Perspektive zu rücken, und das Gefühl, die Kontrolle zu verlieren, ließ nach. Es verschwand nicht ganz, aber sie konnte es noch ein bisschen länger in Schach halten. Bis sie aus dieser Situation herauskamen. Mit einem letzten Atemzug erhob sie sich von der Couch. Sie wollte nicht länger herumsitzen. Sie hatte Arbeit zu erledigen und den Umzug einer Familie vorzubereiten.

Eine Stunde später waren sie bereit, in ein anderes Haus zu ziehen. Sie hatte sich die Akten, die sie von Rogers' Team erhalten hatte, noch einmal angesehen, aber sie konnte immer noch nicht erkennen, dass ihr etwas entgangen war, das Licht in ihre Situation bringen würde. Sie würde es später noch einmal versuchen, wenn sie an einem sicheren Ort waren.

„Ich bin fertig", rief sie Anderson zu, der Nate im Arm hielt und ein letztes Mal durch das Obergeschoss ging, um sicherzustellen, dass sie nichts vergessen hatten. „Ich stelle ein paar Sachen ins Auto."

Sie öffnete die Haustür und erstarrte. Ein schwarzer SUV stand am Bordstein und ein weiterer blockierte ihre Einfahrt. Sie zog sich sofort zurück und schlug die Tür wieder zu. Wie dumm von ihr. Sie hatte ihre Umgebung nicht überprüft, bevor sie das Haus verlassen hatte. Es war ein Anfängerfehler und jetzt würden diejenigen, die da draußen waren, wissen, dass sie gesehen worden waren, und schnell handeln.

„Was ist?“, fragte Anderson und war plötzlich neben ihr. Er musste die Gefahr gespürt haben, denn er zog sie mit sich zu Boden.

„Wo ist Nate?“ Sie fühlte, wie eiskalte Hände ihr Herz umklammerten, als sie daran dachte, dass Nate in Gefahr sein könnte.

„In seiner Wiege. Ich habe gehört, wie du die Tür zugeschlagen hast.“ Anderson zog eine Waffe aus seinem Hosenbund. „Wie viele sind es?“

„Zwei Fahrzeuge. Ich habe keine Männer gesehen“, sie wiederholte die Szene vor dem Haus in ihren Gedanken, „aber sie müssen da draußen sein.“

Anderson rutschte auf dem Bauch zu einer Reisetasche in der Nähe der Tür, nahm eine zusätzliche Pistole heraus und gab sie ihr. „Nimm das und geh nach oben. Wenn sie an mir vorbeikommen, weißt du, was zu tun ist.“

Sie hatte Defensivtraining absolviert und im Rahmen ihrer Arbeit regelmäßig auf dem Schießstand geübt. Sie hatte ihre Fähigkeiten schon mehr als einmal auf Missionen eingesetzt, aber noch nie hatte so viel auf dem Spiel gestanden.

Anderson näherte sich dem Fenster. Bevor er es erreichte, hörten sie, wie das Holz der Hintertür zersplitterte. „Geh“, knurrte er, als er sich in die Hocke erhob, aber sie konnte ihn nicht allein gegen eine unbekannte Anzahl von Angreifern kämpfen lassen.

„Ich bin deine Verstärkung.“ Sie zog sich zum Fuß der Treppe zurück, hielt dort aber die Stellung.

Er warf ihr einen gereizten Blick zu und schüttelte den Kopf, als er sich leise in Richtung Küche bewegte. Ein großer Mann in schwarzer Kleidung bog um die Ecke und stieß dabei fast mit Anderson zusammen. Anderson schlug ihm mit der Faust auf die Kehle, sodass er zu Boden fiel. Violet krabbelte zu ihm, nahm die Handschellen vom Gürtel des Mannes und befestigte sie an seinen Handgelenken.

„Geh nach oben", flüsterte Anderson, aber sie schüttelte den Kopf.

Zwei weitere Angreifer betraten den Raum. Anderson brachte einen mit einem Kinnhaken zu Boden, aber der andere sprang an ihm vorbei und steuerte auf Violet und die Treppe zu.

„Das würde ich nicht tun", sagte sie und zielte auf die Brust des Mannes. Bevor sie die Entscheidung treffen musste, ob sie den Abzug betätigen sollte, nahm Anderson den Mann in den Schwitzkasten, bis dieser das Bewusstsein verlor.

„Wie viele?", knurrte Anderson dem Mann mit den Handschellen ins Ohr. Als der Kerl nicht antwortete, fragte er erneut auf Russisch. Andersons Griff war so fest, dass seine Knöchel weiß wurden, als er den Mann am Hals packte und hochhob.

Der Kerl keuchte eine Antwort, die Violet nicht hören konnte, aber Anderson hielt einen Finger hoch, um anzuzeigen, dass es noch einen weiteren Angreifer gab, bevor er aus dem Zimmer verschwand. Zehn Sekunden später hörte sie ein Grunzen und einen Schlag, als ein schwerer Körper umfiel.

„Ich habe ihn", sagte Anderson leise, als er den Raum wieder betrat. „Ich werde mich umsehen. Alles okay?"

Sie nickte einmal, bevor sie Anderson half, alle Männer mit Handschellen zu fesseln. Innerlich zitterte sie. Sie hatte noch nie wirklich auf jemanden geschossen. In der Vergangenheit war sie Gefahren ausgesetzt gewesen und hatte kämpfen müssen, aber sie hatte nie eine Waffe auf einen anderen Menschen gerichtet. Es machte sie nervös.

Als sie Nates leises Wimmern hörte, sah sie die Treppe hinauf. Vielleicht hatte er Angst vor den seltsamen Geräuschen. Lautlos stieg sie die Stufen hinauf und wusste, dass Anderson alles andere erledigen würde.

Sie saß mit der Waffe neben sich im Schaukelstuhl, als Anderson einige Minuten später in das Kinderzimmer kam.

„Das waren alle", sagte er, griff nach der Waffe und nahm das Magazin heraus. „Ich habe Rogers' Team angerufen." Er legte die Waffe weg und streckte die Hand aus, um Nates Haare zu streicheln. „Sie kommen zusammen mit der örtlichen Polizei hierher."

„Das wird eine aufregende Show für die Nachbarn", sagte sie und stellte sich den Klatsch vor, der die Straße noch tagelang in Aufruhr versetzen würde.

Anderson grinste und ein Teil ihrer Anspannung ließ nach. Er bewegte seine Hand von Nates Kopf zu ihrer Wange und steckte eine Haarsträhne, die sich aus ihrem Pferdeschwanz gelöst hatte, hinter ihr Ohr. „Du hast mir dort unten Angst gemacht."

„Ich bin dazu ausgebildet, weißt du." Sie versuchte, ihn anzulächeln.

„Ich weiß, aber ich will trotzdem nicht, dass du in ein Feuergefecht gerätst."

Sie wollte fragen, wie er das meinte. Empfand er so, weil er Gefühle für sie hatte oder einfach nur weil sie die Mutter seines Kindes war? Sie war nicht mutig genug zu fragen und ein plötzlicher Gedanke ließ sie erschaudern. Sie hatten die Angreifer gefasst. Die Umstände, die sie zusammengebracht hatten, waren vorbei, was bedeutete, dass sie und Anderson getrennte Wege gehen konnten. Würde das jetzt passieren? Oder war bei all dem etwas zwischen ihnen entstanden, das es wert war, weiterverfolgt zu werden? Sie war überzeugt davon, dass es so war – aber glaubte er das auch?

Sie betrachtete Andersons Gesicht und versuchte, seine Gedanken zu lesen, aber er gab nichts preis.

„Ich gehe zu Rogers‘ Männern“, sagte er. „Sie haben wahrscheinlich einen Plan, um die Vorgänge hier zu vertuschen, da dies eines ihrer sicheren Häuser ist.“

„Natürlich“, stimmte sie ihm zu und wusste, dass es am besten war, wenn sie nicht versuchte, über ihre Beziehung zu sprechen, während Anderson sich im Beschützermodus befand. Es konnte noch etwas länger warten.

Sie sah vom Obergeschoss aus zu, wie Allen Zimmerman und drei andere Mitglieder von Rogers‘ Team von der hinteren Gasse aus das Haus betraten, um die Situation in den Griff zu bekommen. Zweifellos wollten sie so wenig Aufsehen wie möglich erregen. Zwei auf der Straße geparkte Streifenwagen waren die einzigen Anzeichen für ein Problem. Violet bemerkte, dass Jeff, Kelly, Evie und einige andere Leute aus der Nachbarschaft auf der anderen Straßenseite standen, aber das Einzige, was sie zu sehen bekamen, war ein Mann, der in einen Streifenwagen gesetzt und weggefahren wurde. Sie vermutete, dass dies nur zur Show geschehen war. Die anderen Angreifer wurden hinter dem Haus abgeführt.

KAPITEL SECHZEHN

„Was hast du Jeff erzählt?“, fragte Violet, als sie Nate nach unten brachte, nachdem die Polizisten gegangen waren. Sie hatte gesehen, wie ihr Nachbar den Rasen zwischen den Häusern überquert und an die Tür geklopft hatte, aber sie hatte Andersons Gespräch mit ihm nicht mithören können.

„Dass es anscheinend ein zufälliger Einbruch war“, sagte er, „und dass die Polizei trotzdem eine mögliche Verbindung zwischen dem Täter und diesem Haus untersucht.“

„Hat er dir das abgekauft?“ Es klang unwahrscheinlich. „Was ist mit den beiden SUVs draußen?“

„Zwei von Rogers‘ Männern sind damit weggefahren. Niemand hat irgendwelche Fragen gestellt.“

„Glaubst du wirklich, dass die Nachbarn so leichtgläubig sind?“

Er zuckte mit den Schultern. „Ist das wichtig?“

Vermutlich nicht, aber sie mochte die Nachbarn, auch wenn sie etwas neugierig waren. Es war schön zu wissen, dass sie den Leuten etwas bedeuteten.

„Ich wollte zum Abendessen ein Omelett machen. Willst du dich mir anschließen?“, fragte Anderson.

„Das klingt gut.“ Sie folgte ihm in die Küche, setzte Nate in seinen Hochstuhl und öffnete ein Glas Babynahrung für ihn. „Leckere Aprikosen“, sagte sie, als sie versuchte, ihn zu überreden, seinen Mund für den Plastiklöffel zu öffnen. Auf diese Weise zu essen war neu für Nate, aber sie hatte bereits Erfolge erzielt.

„Wann kann er wie ein normaler Mensch essen?“, fragte Anderson, als er Eier aufschlug und sie in eine Schüssel gab. Er hatte sie in der Zeit, die sie zusammengelebt hatten, mit seinen Kochkünsten überrascht. Es war kein Gourmet-Essen, aber es schmeckte gut und sie war dankbar für seine Fähigkeiten.

„Laut seinem Kinderarzt in ein paar Monaten.“ Sie wischte Aprikosenbrei von Nates Gesicht und versuchte, mehr davon in seinen Mund zu bekommen. Sie war sich Andersons Anwesenheit am Herd bewusst, aber ihre Gedanken wanderten wieder zu den Angreifern. Etwas stimmte nicht. Die Kerle passten nicht ganz zu dem Profil, das sie ausgearbeitet hatte.

Ein paar Minuten später stellte Anderson einen Teller vor sie. „Gemüse-Omelett. So wie du es magst. Kein Schinken, aber ein bisschen Käse.“

„Danke“, sagte sie. Sie ergriff ihre Gabel und bemerkte, dass Andersons Omelett dick mit Schinken und Käse beladen war. Sie schnitt in ihre Portion und aß langsam, während ihr Gehirn verarbeitete, was an diesem Nachmittag passiert war. Auf der anderen Seite des Tisches unterhielt sich Anderson mit Nate und löffelte mehr Aprikosenbrei in den Mund des Jungen.

„Was ist?“, fragte Anderson nach einigen Minuten der Stille.

„Hm?“ Sie blinzelte und konzentrierte sich wieder auf ihn.

„Du bist mit den Gedanken woanders. Du siehst immer so abwesend aus, wenn du Informationen verarbeitest.“

Das sagt der Richtige, dachte sie. Es könnte allerdings helfen, mit ihm darüber zu sprechen. „Ist es dir so vorgekommen, als hättest du diese vier Kerle ein bisschen zu leicht besiegt?“

„Ich war nicht allein“, sagte er.

„Ich habe nicht viel getan.“ Sie hatte eine Waffe auf einen von ihnen gerichtet und Anderson dadurch die Gelegenheit gegeben, sich mit einem anderen Angreifer zu befassen.

„Sag es einfach“, verlangte er und sie blickte auf, um seinen Augen zu begegnen.

„Ich will weder deine Männlichkeit noch deine Ausbildung beleidigen.“ Sie wollte ihn nicht verletzen. Sie wusste, dass er durchaus in der Lage war, allein vier Männer zu entwaffnen, aber die Geschwindigkeit und Leichtigkeit, mit der alles passiert war, wirkte seltsam.

„So habe ich es auch nicht aufgefasst.“

„Okay“, sagte sie und sprach ihre Gedanken laut aus. „Wenn diese Leute Söldner der russischen Mafia, Volkhovs Männer oder was auch immer waren, haben sie viel zu schnell verloren.“ Sie tippte mit den Fingern auf den Tisch. „Wir haben uns schon früher mit diesen Kerlen befasst. Kannst du dir vorstellen, dass einer der Söldner, denen wir in Moskau begegnet sind, sich schneller ausschalten lässt, als ich Nates Windel wechseln kann? Und warum haben sie am helllichten Tag angegriffen? Und wenn sie so wagemutig waren, warum hatten sie nicht einmal ihre Waffen gezogen, als sie das Haus betreten haben? Und warum waren es vier? Wir dachten, wir hätten einen einzelnen Verfolger.“

„Das sind viele Fragen." Seine Stimme klang vorsichtig und ein wenig zweifelnd.

„Ich habe noch mehr, wenn du sie hören willst." Eine unendliche Anzahl von Fragen drängte sich in ihrem Kopf. Es waren so viele, dass sie Schwierigkeiten hatte, sie in Kategorien zu sortieren.

„Das will ich nicht", sagte er knapp. „Lass uns akzeptieren, dass es vorbei ist. Das denken Rogers' Männer auch und sie haben für gewöhnlich recht."

Das habe ich auch, dachte sie. Sie hatte ihres Wissens noch nie eine falsche Vorhersage gemacht. Ihre Empfehlungen waren nicht immer von ihren Vorgesetzten befolgt worden, aber sie lag normalerweise genau richtig. Einmal hatte sie zugegebenermaßen Glück gehabt. Sie hatte die richtige Vorhersage gemacht, aber basierend auf den falschen Daten. Wenn sie die richtigen Informationen gehabt hätte, wäre ihr Rat ganz anders ausgefallen. Es hatte ihr Selbstvertrauen erschüttert – aber ihr ironischerweise eine Beförderung eingebracht.

Es fiel ihr schwer, ihr Unbehagen über ihre aktuelle Situation abzuschütteln. Etwas nagte an ihr.

Trotzdem wollte sie, dass es vorbei war. Das Leben in ständiger Gefahr zehrte an ihren Nerven. Vielleicht waren ihre Fragen nichts anderes als ein Zeichen ihres Widerwillens, ihre Wachsamkeit aufzugeben. Sie war in höchster Alarmbereitschaft, seit ihr Auto von Kugeln durchlöchert worden war, und es war schwierig, damit aufzuhören.

„Vielleicht hast du recht", räumte sie ein und akzeptierte, dass im Moment Stress und Adrenalin ihre Gedanken vielleicht stärker beeinflussten als Logik und Fakten. Ihre Sorgen gingen ihr nicht aus dem Kopf, aber sie würde die Informationen am nächsten Morgen noch einmal überprüfen, wenn sie sich ausgeruht hatte und klarer denken konnte. Sie konnten Nate ins Bett bringen, es sich auf der Couch gemütlich machen und einen Film ansehen. Das klang wie der perfekte

Weg, um das Chaos des Tages hinter sich zu lassen. Sie wollte es gerade vorschlagen, als er weitersprach.

„Ich muss ein paar Anrufe machen, um herauszufinden, wie ich von hier wegkomme.“ Er klang, als wollte er so schnell wie möglich verschwinden. Wie ein Mann, der seine Flucht plante.

Sie wandte ihm ihre volle Aufmerksamkeit zu und sah zum ersten Mal seit einigen Minuten wieder wirklich auf sein Gesicht. Die Anspannung, die verschwunden sein sollte, als die Angreifer abgeführt worden waren, war immer noch da. Vielleicht war sie sogar noch größer geworden. Aber was war die Ursache dafür? Schließlich schien er davon auszugehen, dass die russische Mafia nicht mehr hinter ihnen her war.

„Wir brauchen separate Autos, um nach Hause zu fahren. Ich kann meines dort abholen, wo es geparkt ist, aber du besitzt keines mehr. Rogers kann dir wahrscheinlich helfen. Ich werde nicht weggehen, bis ich weiß, dass du gut nach Hause kommst.“ Er hakte die Details ab, als würde er eine Mission planen.

Sie erkannte, dass er in Gedanken schon woanders war. Er grübelte darüber nach, wie sie am besten auseinandergehen könnten. Also war es tatsächlich vorbei zwischen ihnen. Das war, was er sagte. Sie nahm ihr Wasserglas und zwang sich, einen Schluck zu trinken, während sie versuchte, eine Antwort zu formulieren.

„Ich habe heute eine Nachricht von meinem Kommandanten bekommen“, fuhr er fort. „In zwei Wochen startet eine Mission, bei der er mich dabeihaben möchte. Ich habe also gerade genug Zeit, um zu meinem Haus zurückzukehren und meine Sachen zu holen, bevor ich wieder auf dem Stützpunkt sein muss.“

„Und danach?“, fragte sie und war stolz auf ihre ruhige Stimme.

„Danach wird es eine andere Mission geben. Das ist immer so.“ Er begegnete über den Tisch hinweg ihren Augen. „Ich bin nie länger als ein paar Wochen in den USA.“

Das könnte bei ihm so sein, obwohl sie andere SEALs kannte, die nicht so oft im Einsatz waren. Anderson hatte Sprachkenntnisse, die ihn einzigartig machten, aber sie vermutete, dass er sich freiwillig für zusätzliche Aufgaben meldete. In jedem Fall war seine Botschaft an sie klar. Er war nicht daran interessiert, ein Vater für Nate oder irgendetwas für sie zu sein.

Sie stand auf. „Können wir morgen darüber reden? Ich bin müde und du bestimmt auch. Lass uns heute früh schlafen gehen.“ Sie entfernte das Tablett von Nates Hochstuhl und hob ihn heraus.

„Das ist eine gute Idee“, sagte er. „Ich bleibe hier unten auf der Couch.“

„Warum solltest du das tun, wenn du denkst, dass die Gefahr vorbei ist?“, fragte sie, obwohl sie die Antwort, die sie erhalten würde, bereits kannte. Er wollte das Bett nicht mit ihr teilen. Zur Hölle, er wollte anscheinend nicht einmal auf derselben Etage schlafen.

„Du weißt, warum, Violet“, sagte er und griff nach Nate. „Ich lege ihn in seine Wiege. Geh ins Bett.“ Er trat vor ihr aus der Küche und ging zur Treppe.

Ihr war noch nie von einem Mann befohlen worden, ins Bett zu gehen, und alles in ihr sträubte sich dagegen. Er schickte sie weg, als wäre sie ein Kind, was wehtat, aber das Schlimmste war, dass er auch Nate loswerden wollte. Und das brach ihr das Herz.

Sie stand in der Küche und lauschte den Geräuschen im Obergeschoss. Anderson sprach mit Nate, während er ihn fürs Bett fertig machte – so als würde er morgen nicht seinen Sohn verlassen. Wie konnte er das tun? Egal, was Anderson über sich und seine Vaterqualitäten dachte – empfand er keine Zuneigung für das Kind, um das er sich mit ihr gekümmert hatte?

Wut und Trauer stiegen in Violet auf und sie wusste, dass sie nicht in der Lage sein würde, den Mund zu halten. Sie sammelte das Geschirr ein, belud die Spülmaschine und räumte die Küche auf, während sie darauf wartete, dass Anderson wieder herunterkam. Als ihre Aufgaben erledigt waren, ging sie im Wohnzimmer auf und ab, bis sie Schritte auf der Treppe hörte. Sie wirbelte herum und sah ihn an.

„Ich dachte, du gehst ins Bett", sagte Anderson und warf eine Decke und ein Kissen auf die Couch.

„Und ich dachte, Nate und ich sind dir vielleicht wichtig", konterte sie.

„Das seid ihr", sagte er und fuhr sich mit der Hand über das Gesicht, „aber es ist … kompliziert."

„Was ist daran kompliziert? Überall auf der Welt gibt es Millionen Familien, in denen es nicht kompliziert ist." Sie versuchte, ihren Ton zu mäßigen.

„Richtig. Millionen normaler Familien aus Generationen normaler Familien, die wissen, wie man eine Familie ist. Das tun wir nicht." Er stemmte die Hände in die Hüften.

Sie *waren* eine Familie, aber darauf zu beharren war nicht die richtige Taktik bei ihm. „Glaubst du, all diese *normalen* Mütter und Väter wussten instinktiv, wie man Eltern ist? Ich bin mir sicher, dass sie es nicht gewusst haben. Dass du zu glauben scheinst, kein geeigneter Vater zu sein, sollte dich nicht davon abhalten, es zumindest zu versuchen."

„Ich kann es nicht, Violet", erklärte er. „Ich habe nie gesagt, dass ich es tun würde. Tatsächlich habe ich dir klar und deutlich das Gegenteil gesagt."

„Dann liebst du ihn also nicht?" Sie beobachtete sein Gesicht genau und sah, wie er den Blick senkte. Er wollte ihr nicht antworten. Das war offensichtlich. Aber wieso? Weil er seinen Sohn wirklich nicht liebte … oder war es etwas anderes? Ging es um sie?

Er wandte sich ab und zog die Decke auf der Couch zurecht, so als könnte er damit seine Gefühle verbergen. Es wirkte ordentlich und kalt und sie wollte ihm die verdammte Decke aus der Hand reißen. Sie hatte das überwältigende Gefühl, dass dies ihre letzte Gelegenheit war, ihn zu erreichen. Am Morgen würde er Ausreden finden, um ihre Beziehung nicht besprechen zu müssen, und sie wahrscheinlich in ein neues Auto setzen und noch bevor es Mittag wurde nach Hause schicken. Sie musste jetzt ehrlich über ihre Gefühle für ihn sein, weil sie möglicherweise keine weitere Chance bekommen würde.

„Anderson, sieh mich an." Sie wartete, bis er sich zu ihr umdrehte. Er verschränkte die Arme defensiv vor seiner Brust, aber es würde sie nicht davon abhalten, ihm zu sagen, was sie zu sagen hatte. „Ich will, dass wir eine Familie sind, um Nates willen. Jeder kleine Junge sollte einen Daddy haben und trotz allem, was du sagst, denke ich, dass du ihn liebst. Ich weiß, dass du alles tun würdest, um ihn zu beschützen und sicherzustellen, dass er das hat, was er braucht – das ist das Verhalten eines liebenden Vaters. Ich bin es leid zu hören, dass du kein guter Vater sein kannst, nur weil du selbst schlechte Eltern hattest." Seine Augen wurden dunkel und gefährlich. „Ich hätte gedacht, du willst beweisen, dass du es trotzdem sein kannst."

„Reize mich nicht", warnte er. Sie hätte fast gelächelt. Seine Worte erinnerten sie an ihren Austausch in Moskau, als die glühende Hitze ihrer Leidenschaft aufgeflammt war. Sie hatte später ihre Wortgefechte vermisst, aber sie hatte auch bemerkt, wie sehr sie ihre anfängliche Beziehung missverstanden hatte. Was am anderen Ende der Welt passiert war, hatte die Grundlage für das gelegt, was sie jetzt hatten. Wenn sie ihn nur dazu bringen könnte, das zu erkennen.

„Das tue ich nicht", sagte sie. „Ich sage die Wahrheit und das weißt du auch – aber ich bin noch nicht fertig." Sie hielt ein paar Sekunden inne, um ihre Kräfte zu sammeln, bevor sie sich weiter wagte. „Irgendwann habe ich mich irgendwie in dich verliebt. Es begann während unserer Mission in Russland und hat mich dazu bewogen, dich zu suchen und dir zu sagen, dass wir einen Sohn haben." Erst als sie es laut verkündete, erkannte sie, dass es wahr war – die Liebe zu ihm war ihre Motivation gewesen. Sie hatte es nur für fair gehalten, dass er von ihrem Kind wusste, aber irgendwo tief in ihrem Inneren hatte sie an der heimlichen Hoffnung festgehalten, dass Anderson sie auch lieben könnte. Sie hatte sich selbst belogen über die Stärke ihrer Gefühle für ihn, aber das tat sie jetzt nicht mehr. „Und die Zeit hier hat mir gezeigt, wie sehr ich dich liebe. Ich will dich in meinem Leben haben, Anderson – für Nate, aber auch für mich."

Sie hätte ihm detailliert die Gründe dafür nennen können, warum sie ihn liebte, aber sie konnte sehen, dass er innerlich einen Kampf ausfocht. Sein Kiefer war fest zusammengepresst, als würde er versuchen, etwas in seinem Inneren einzusperren … oder die Liebe auszusperren. Sie wusste nicht, was es war, also wartete sie und hoffte, dass sie zu ihm durchgedrungen war.

„Geh ins Bett, Violet", sagte er schließlich und wiederholte den Befehl, den er ihr vor einer Stunde erteilt hatte.

„Hast du mir sonst nichts zu sagen?", fragte sie leise. Sie hatte keine Liebeserklärung erwartet, aber auf etwas gehofft, das zeigte, dass sie ihm wichtig war.

„Nur, dass ich meinen Teil der Abmachung erfüllt habe." Seine Worte klangen erschöpft. „Ich habe dich und Nate beschützt. Ihr seid jetzt in Sicherheit und es ist vorbei. Ich werde dafür sorgen, dass ihr sicher nach Hause kommt, und ich werde Kindesunterhalt für Nate zahlen. Das ist alles, Violet." Er streckte seine Hände in der Geste aus, die er auch bei Nate gemacht hatte. „Das ist alles, was ich dir geben kann."

Sie spürte, wie ihr Herz in tausend Scherben zerbrach, und konnte nicht sprechen. Als sie an ihm vorbei zur Treppe ging, wusste sie nicht, ob sie mehr Mitleid mit sich selbst oder mit ihm hatte. Wenn er wirklich glaubte, er hätte ihr und Nate nichts zu geben, war es das Traurigste, was sie jemals gehört hatte.

KAPITEL SIEBZEHN

Violet erwachte aus Albträumen, als der Weckalarm ihres Handys losging. Nate würde jede Minute für seine morgendliche Fütterung aufwachen. Wenn sie sofort aus dem Bett kam, konnte sie sich wenigstens die Zähne putzen, bevor sie zu ihm ging. Stattdessen blieb sie unter der Decke. Geputzte Zähne waren nicht genug Motivation, um sich in Bewegung zu setzen. Sie hatte Stunden gebraucht, um einzuschlafen, weil sie ihre Unterhaltung mit Anderson hundertmal in ihrem Kopf wiederholt hatte.

Einerseits war sie stolz auf das, was sie zu ihm gesagt hatte. Sie war ganz ehrlich gewesen und es hatte sich gut angefühlt … in gewisser Weise. Andersons absolute Weigerung, auch nur daran zu denken, bei ihr und Nate zu bleiben, hatte ein quälendes Gefühl in ihrer Brust hinterlassen. In der Nacht hatte sie einmal gehört, wie er nach oben kam, und sie hatte die flüchtige Hoffnung gehabt, dass er zu ihr wollte, aber er war an ihrem Zimmer vorbei zu Nate gegangen. Sie hatte auf die Uhr gesehen. Anderson war genau zehn Minuten im Zimmer des Jungen geblieben, bevor sie gehört hatte, wie er wieder die Treppe hinunterging.

In der Morgenstille lauschte sie auf eine Bewegung von unten, aber es war nichts zu hören. Soweit sie wusste, war er bereits gegangen. Sie konnte sich vorstellen, dass er die ganze Nacht wach geblieben war und Vorkehrungen getroffen hatte. Es war sicher alles sehr ordentlich und perfekt geplant, aber das Ergebnis wäre, dass er sie und Nate verlassen würde.

Vielleicht war er einfach auf Patrouille in der Nachbarschaft. Er schien es für notwendig zu halten, auch wenn nicht viel los war. An anderen Tagen war er am frühen Morgen von seinen Aufklärungsmissionen zurückgekehrt und hatte ihr lustige Geschichten erzählt. Ein Mann in der nächsten Straße hatte seinen Hund in den Garten gelassen und war nackt am Fenster gestanden, um darauf zu warten, dass er zurückkam. Und eine Joggerin, die mit den Armen wie eine Windmühle um sich schlug, hatte Anderson an einem anderen Morgen beinahe umgepflügt.

Sie zuckte zusammen und erinnerte sich an die gemütlichen Szenen in der Küche, als sie Frühstück gemacht und ihre Tage geplant hatten. Es hatte sich so echt angefühlt, aber wenn das, was er am Vorabend gesagt hatte, die Wahrheit war, hatte er einfach seinen Job gemacht.

Ihr Handybildschirm leuchtete beim Empfang einer Nachricht. Sie griff nach dem Telefon und hoffte, dass es Anderson war, aber es war ihre Mutter.

Ich wollte nur fragen, wie es dir und Nate geht. Ich liebe euch.

Violet hätte eine Nachricht zurückschicken können, aber der Gedanke, die Stimme ihrer Mutter zu hören, war eine zu große Versuchung – und außerdem sollte sie ihr sagen, dass sie in Sicherheit waren. Sie drückte die Anruftaste.

„Guten Morgen, Schatz“, sagte ihre Mutter sofort.

„Hi, Mom. Ich wollte dich wissen lassen, dass Nate und ich bald nach Hause zurückkehren werden, wahrscheinlich schon heute. Die Gefahrensituation ist vorbei und es geht uns gut.“ Sie sparte die Details des

Einbruchs aus. Es bestand keine Notwendigkeit, ihre Mutter jetzt zu beunruhigen, da es vorbei war.

„Ich bin so erleichtert, das zu hören. Würde es dir etwas ausmachen, wenn ich bald zu Besuch komme?“

„Überhaupt nicht. Nate und ich würden dich gern sehen.“ Bei dem Gedanken an Zeit mit ihrer Mutter fühlte sich Violet etwas besser.

„Geht ihr allein nach Hause?“ Die Stimme ihrer Mutter wurde leiser.

„Sieht so aus. Anderson ist nicht daran interessiert, Vater zu sein.“ Da, sie hatte es laut ausgesprochen.

„Das ist sein Verlust.“ Die Antwort ihrer Mutter brachte sie ein wenig zum Lächeln. „Aber auch deiner und Nates. Es tut mir leid, Schatz.“

„Mir auch. Ich hatte gehofft ... nun, ich sollte nicht überrascht sein. Meine Analyse, du weißt schon. Oh, Mom, ich hatte so gehofft, dass ich mich über ihn irre. Und ich habe noch einen schrecklichen Fehler gemacht ... warte eine Sekunde.“ Sie glaubte, ein Geräusch zu hören, hielt inne und lauschte auf Nates Stimme. Als alles still blieb, erzählte sie ihrer Mutter von ihrem Gespräch mit Anderson am Vorabend. „Ich habe ihm gesagt, dass ich ihn liebe und ein Leben mit ihm will, aber er hat gesagt, dass er mir nichts zu geben hat. Ich bin ein gewaltiges Risiko eingegangen und ... habe mich verkalkuliert.“

Für jemanden, der beruflich Risiken analysierte und Prognosen erstellte, hatte sie ihre Situation mit Anderson nicht besonders gut eingeschätzt.

„Wenn er von dir und Nate getrennt ist, merkt er vielleicht, dass er euch vermisst“, schlug ihre Mutter vor.

„Ich nehme an, das ist möglich“, sagte sie. Aber Anderson würde noch diesen Monat auf eine neue Mission gehen und seine ganze Aufmerksamkeit wäre auf seinen Job gerichtet. Würde er überhaupt an sie denken?

Eine Tür öffnete sich unten und schloss sich dann wieder. Er musste von seiner Patrouille durch die Nachbarschaft zurück sein. Sie sollte ihm gegenübertreten und es hinter sich bringen, da Nate immer noch still war. „Ich muss gehen, Mom. Ich rufe dich später an."

„Pass auf dich auf und gib Nate einen Kuss von mir", sagte ihre Mutter.

„Das werde ich. Bye." Violet legte auf, stieg aus dem Bett und zog einen Morgenmantel über. Sie sah kurz nach Nate, aber er schlief immer noch tief und fest, also schloss sie seine Tür und ging die Treppe hinunter.

Als sie das Erdgeschoss erreichte, legte sich eine schwere Hand auf ihren Mund und ihr Rücken wurde gegen einen großen Körper gedrückt. Sie reagierte sofort und versuchte, sich aus dem Griff zu befreien. Sie rammte ihren Kopf zurück und hoffte, die Nase des Angreifers zu erwischen, aber er war so groß, dass ihr Kopf nur seine Schulter traf. Als Nächstes stampfte sie mit der Ferse auf seinen Fuß, aber sie war barfuß und er trug Stiefel. Mit einem bösartigen Lachen hob der Mann sie vom Boden hoch, als wollte er ihr seine Stärke beweisen.

„Hören Sie auf zu kämpfen, sonst muss ich Ihnen wehtun", sagte eine Stimme mit einem starken russischen Akzent an ihrem Ohr. „Und das will ich noch nicht …" Er zog sie noch enger an sich und sie wusste, dass keine Verteidigungstaktiken oder Schreie ihr helfen würden. Sie konnte nur beten, dass Nate nicht aufwachte.

Es war noch fast ganz dunkel, als Anderson das Haus verließ. Er musste sich bewegen, um die Gedanken in seinem Kopf zu verarbeiten. Das Gespräch mit Violet am Vorabend war brutal und schonungslos gewesen und er hatte keine Ahnung, wie er anders hätte reagieren sollen. Er hatte ihr und Nate gegeben, was er konnte, und er hatte nicht mehr in sich. Dessen war er sich sicher.

Aber Himmel, sie hatte ihn mit ihrer Liebeserklärung bis ins Mark erschüttert. Er war zu fassungslos gewesen, um zu reagieren, und hatte Dinge empfunden, die er nicht benennen konnte. Er hatte nur daran denken können, die Situation zu verlassen. Und genau das hatte er später an diesem Tag vor. Er würde dafür sorgen, dass sie und Nate gut nach Hause kamen. Zur Hölle, er würde ihr selbst ein neues Auto kaufen. Er wollte, dass sie in Sicherheit waren. Aber er konnte nicht bei ihnen bleiben.

Als er um die Ecke bog, zwang er sich, sich auf seine Patrouille zu konzentrieren. Er hatte darauf geachtet, nicht jeden Morgen dieselbe Route zu nehmen, aber er verfolgte immer das gleiche Ziel. Er begann in der Nähe des sicheren Hauses, überprüfte die Straßen und bewegte sich in einem immer weiter werdenden Radius nach außen. In den letzten Tagen hatte er nach schwarzen SUVs Ausschau gehalten, aber aus Gewohnheit suchte er etwas Ungewöhnliches.

Nun … etwas Ungewöhnliches für eine Nachbarschaft wie diese.

Trotz der turbulenten Nacht, die hinter ihm lag, konnte er nicht vergessen, was Violet gesagt hatte, als sie zu Abend gegessen hatten. Zuerst hatte er ihre Sorge darüber, dass der Sieg über die Eindringlinge zu einfach gewesen war, nicht ernst genommen. Aber je länger er darüber nachdachte, desto mehr fragte er sich, ob sie damit recht gehabt hatte. Sie war eine verdammt gute Analystin – das wusste er aus Erfahrung. Also würde er auf der Hut sein. Bevor er sie und Nate nach Hause schickte, musste er sicher sein, dass für sie keine Bedrohung mehr bestand.

„Guten Morgen, Anderson“, rief Kelly von der anderen Straßenseite. Sie und Evie waren wie jeden Morgen joggen. Er begegnete ihnen fast jeden Tag, wenn sie eine Runde durch die Nachbarschaft drehten. „In Ihrem Haus war ganz schön viel los.“

Beide Frauen überquerten die Straße, um ihn abzufangen. Er wollte wegrennen, aber er hielt die Stellung. „Das kann man so sagen, aber jetzt ist alles in Ordnung.“ Er schenkte ihnen ein Lächeln, um sie davon zu überzeugen, dass seine Worte wahr waren.

„Wir waren besorgt, als die Polizei vorfuhr“, sagte Kelly. „In dieser Gegend ist so etwas noch nie passiert.“

„Ich denke, der Kerl hatte etwas im Haus versteckt, als es leer stand, und kam zurück, um es zu holen. Wir haben ihn genauso sehr überrascht wie er uns.“ Anderson hatte die Erklärung für alle Fälle im Voraus vorbereitet.

„Was hatte er versteckt?“, fragte Evie.

„Die Polizei hat es uns nicht gesagt, aber ich vermute, es war etwas Illegales.“ Er nahm an, dass dies glaubwürdig klang.

„Ich bin froh, dass Sie da waren und Violet nicht allein zu Hause war“, sagte Kelly und erschauderte. „Wie geht es ihr? Besser?“

„Sie hat sich vollständig erholt“, sagte er und fühlte echte Erleichterung. Violet war ihm wichtig. Sehr wichtig.

„Das ist gut. Ich mache heute Abend Lasagne. Wie wäre es, wenn ich auch etwas für Sie und Violet mache?“ Evie lächelte ihn an und erwartete offenbar, dass er Ja sagen würde.

„Danke, aber das ist nicht nötig“, sagte er. Er wusste nicht einmal, ob sie bis zum Abend im Haus sein würden.

„Sind Sie sicher? Eine frischgebackene Mutter zu sein ist manchmal hart“, sagte Evie. „Meine Tochter hat letztes Jahr ihr erstes Baby bekommen. Ihr Mann ist großartig, aber sie hatte trotzdem zu kämpfen.“

Hatte Violet zu kämpfen? Sie hatte zugegeben, dass sie ein paar schwere Momente mit Nate erlebt hatte, aber was sahen diese Frauen, das ihm entgangen war?

„Und dann war sie auch noch krank“, fügte Kelly hinzu. „Das war bestimmt schwer.“

Er blinzelte die Frauen an und stellte fest, dass sie aufrichtig besorgt waren. Er war verärgert über ihre Neugier gewesen, aber sie schienen echtes Interesse an ihm, Violet und Nate zu haben. Er war an dieses nachbarschaftliche Verhalten nicht gewöhnt und es überraschte ihn immer noch.

„Manchmal ist es nicht leicht“, stimmte er ihnen zu, „aber ich denke, das ist normal, oder?“ Sie lächelten ihn beide an.

„Vielleicht sollten Sie sie heute verwöhnen“, schlug Kelly vor. „Ich wünschte, ich hätte Muffins gebacken.“

„Wissen Sie, da ist eine neue Bäckerei gleich um die Ecke“, sagte Evie und zeigte in die Richtung, in die Anderson gegangen war. „Die Bagels sind köstlich und das Gebäck ist ein Traum. Ich wette, sie würde etwas von dort lieben. Okay, wir laufen besser weiter. Oh, Anderson, kaufen Sie ein paar zusätzliche Bagels und bewahren Sie sie im Gefrierschrank auf. Ein gefrorener Bagel ist ideal zum Kauen für ein zahnendes Baby. Das ist ein bewährter Grandma-Trick.“

„Danke“, rief er ihnen nach und war verärgert darüber, dass er nicht selbst daran gedacht hatte. Er hatte gewusst, dass Nate Zähne bekam, aber obwohl er bemerkt hatte, dass das Baby sabberte und launisch war, hatte er sich nicht die Mühe gemacht, nach einer Lösung zu suchen. Warum nicht? Das hätte er in jeder anderen Situation getan.

Und Violet. Er lief los. Er würde Bagels besorgen, eine Kanne Kaffee machen, ein Gespräch mit ihr führen und sagen … was würde er sagen? Seine Füße wurden langsamer.

Er würde sagen, dass er alles schätzte, was sie für ihren Sohn tat. Okay, das war ein Anfang, aber war das alles, was er für sie empfand? Dankbarkeit?

Er stellte sich vor, allein zu seinem Haus in Hartsville zurückzukehren, und er mochte nicht, wie es sich anfühlte, so einsam und leer. Er hatte es immer genossen, allein zu leben. Es bewies, wie weit er gekommen war. Er besaß ein schönes Haus, das er sich hart erarbeitet hatte. Aber was wäre, wenn er mehr haben könnte? Was wäre, wenn er Violet dabei helfen könnte, ihrem Sohn ein gutes Leben zu bieten?

Er hatte ihr finanzielle Unterstützung angeboten, aber das war zu einfach. Sie brauchte mehr von ihm. Sie brauchte emotionale Unterstützung. Sie brauchte jemanden, der um drei Uhr morgens da war, wenn Nate quengelte. Er dachte daran, wie er in der Nacht neben Nates Wiege gestanden und das schlafende Baby betrachtet hatte. Das Wissen, dass sein Sohn in Sicherheit war, hatte ein Gefühl des Friedens in ihm ausgelöst. Aber er hatte auch ein schreckliches Gefühl des Verlusts empfunden, weil Nate bald nicht mehr bei ihm sein würde.

Und die Versuchung, sich neben Violet ins Bett zu legen, hatte ihn fast überwältigt. Er hatte seine Füße dazu zwingen müssen, an ihrer Tür vorbeizugehen. Er hatte bei ihr schlafen wollen … weil er sie liebte. Bei der Intensität seiner Gefühle blieb er mitten auf dem Bürgersteig stehen. Er sah sich zu den nahegelegenen Häusern mit ihren perfekten Rasenflächen um. Es war ein seltsamer Ort, um zu erkennen, dass er sich in Violet verliebt hatte, aber besser hier als überhaupt nicht. Und er würde es weder vor sich selbst noch vor ihr leugnen.

Er musste es ihr sagen. Er musste sich entschuldigen und hoffen, dass sie ihn genug liebte, um ein Risiko mit ihm einzugehen. Als Partner und Vater würde er nicht perfekt sein. Wahrscheinlich wäre er alles andere als das. Aber verdammt, er würde für seine Familie da sein.

Er lief weiter und erreichte die Bäckerei, als sie gerade öffnete.

KAPITEL ACHTZEHN

Anderson griff in seine Tasche, als sein Handy summte, während er von der Bäckerei nach Hause ging. Er überprüfte den Bildschirm und ein kleiner Teil von ihm hoffte, dass Violet ihn kontaktierte, aber er sah, dass es Allen Zimmerman war. Er nahm den Anruf entgegen und ging weiter.

„Hey", sagte Allen. „Sind Sie zu Hause?"

„Nein, warum?" Die Schärfe in der Stimme des anderen Mannes machte Anderson unruhig.

„Das Sicherheitssystem verhält sich seltsam. Uns wird angezeigt, dass um 6:10 Uhr jemand das Haus verlassen hat …"

„Das war ich. Ich habe es wieder aktiviert, als ich draußen war." Anderson hatte das jeden Morgen getan und wollte nicht damit aufhören, nur weil sie die Angreifer gestern gefangen genommen hatten.

„Ja, das können wir sehen, aber vor zehn Minuten ist alles offline gegangen. Alarmanlage, Kameras, alles. Sie sind also nicht zu Hause?", fragte Allen erneut.

„Nein.“ Anderson erhöhte sein Tempo, als seine Instinkte in Alarmbereitschaft versetzt wurden. „Ich bin in zwei Minuten da.“

„Ich schicke Verstärkung. Seien Sie vorsichtig“, sagte Zimmerman und legte auf.

Anderson sprintete auf das Haus zu, bog dann aber in letzter Minute in die Gasse ein. Sich von hinten zu nähern fühlte sich irgendwie richtig an. Er sprang über den Zaun des Nachbarn und über einen zweiten Zaun in seinen Garten. Dann duckte er sich tief und schlich an der Seite des Gebäudes entlang, um die Auffahrt und die Straße zu überprüfen. Er erwartete halb, einen schwarzen SUV zu sehen. Stattdessen parkte ein blauer Dodge Charger, den er nicht erkannte, am Bordstein. Es war kein ungewöhnliches Fahrzeug für diese Nachbarschaft, aber es fiel dennoch auf, weil das Kennzeichen in einem anderen Bundesstaat registriert war.

Das könnte Zufall sein, aber Anderson glaubte nicht daran.

Er ging um das Haus herum und spähte in die Fenster. Die Küche und das Esszimmer waren leer, genauso wie der kleine Eingangsbereich und die Treppe. Als er die Fenster des Wohnzimmers erreichte, blieb ihm fast das Herz stehen. Violet saß auf dem Couchtisch und ihre Hände waren mit dem Gürtel ihres Morgenmantels hinter ihrem Rücken gefesselt. Ein Mann stand neben ihr. Er war schwarz gekleidet und hatte eine gezackte Narbe auf der Wange.

Es war derselbe Mann, der Anderson gefolgt war, als er versucht hatte, die Ausweise zu holen. Anderson sah genauer hin und es machte Klick. Rafe Solok. Anderson hatte ihn während seiner Zeit in Moskau nur einmal gesehen. Er war einer von Volkhovs Leutnants, hoch oben in der Wolfshierarchie … und ein Auftragskiller.

Solok sprach, aber Anderson konnte die Worte nicht hören. Sie waren ohnehin nicht wichtig. Das Wichtigste war, dass Violet am Leben war

… noch. Aber wenn man Soloks Ruf kannte, würde das nicht mehr lange so sein. Und …

Anderson holte tief Luft. Nate. Er dachte keine Sekunde, dass Solok das Baby verschonen würde.

Auf keinen Fall würde er Violet und seinen Sohn verlieren, nachdem er gerade erst erkannt hatte, wie sehr er sie liebte. Oh Gott, er wünschte, er hätte anders reagiert, als sie ihm am Vorabend ihr Herz ausgeschüttet hatte. Er war zu schockiert und zu ahnungslos gewesen, um zu erkennen, dass er mit ihr zusammen sein wollte. Er würde nicht zulassen, dass ihm die Gelegenheit, es wiedergutzumachen, genommen wurde.

Anderson brauchte einen Plan. Er versuchte, seinen Kopf von allen Emotionen zu befreien, und betrachtete die Situation logisch. Er musste so vorgehen, als wäre dies eine Mission. Zuerst musste er ins Haus. Die französischen Türen, die vom Wohnzimmer zur Terrasse führten, waren seine beste Chance. Von dort würde er Violets Gesicht sehen können und Soloks Rücken wäre ihm zugewandt.

Er konzentrierte sich ganz darauf und umrundete geräuschlos das Haus, bis er Violet durch die Türen sah. Ihre Augen wanderten zu ihm, aber sie war zu schlau, um ihn zu verraten. Er sah zu, wie sie etwas sagte, um Solok abzulenken. Er lächelte fast, so sehr liebte er sie für ihren Mut und ihre Intelligenz.

Violet zwang sich, ihre Erleichterung nicht zu zeigen, als sie Andersons Gesicht entdeckte. Sie verschwendete keine Zeit damit, sich zu fragen, woher er gewusst hatte, dass etwas nicht stimmte. Seit sie als Geisel genommen worden war, hatte sie befürchtet, dass er ahnungslos durch die Haustür kommen und keine Chance gegen Solok haben würde.

„Schläft Ihr Sohn noch? Glücklicher Junge“, sagte Solok beiläufig.

Violet schluckte die Galle hinunter, die in ihrer Kehle aufstieg, als er Nate erwähnte. Es war unrealistisch gewesen zu hoffen, dass Solok nicht von ihm wusste. „Er ist bei Anderson“, log sie. „Weit weg von hier.“ Sie konnte nur beten, dass Nate nicht aufwachte und schrie.

„Versuchen Sie nicht, mich zu täuschen.“ Solok wedelte mit einer Waffe vor ihrem Gesicht herum. „Ich habe Commander Park weggehen sehen und er war allein. Wenn ich bereit bin, müssen Sie den Jungen holen. Ich mag es, wenn Familien zusammen sterben. Das sind immer so interessante Geschichten in den Zeitungen.“

Ein Schauder durchlief sie, aber sie musste sich darauf verlassen, dass Anderson die Situation entschärfte.

„Ich gehe davon aus, dass Ihr Geliebter bald zu Hause sein wird“, sagte Solok.

„Wir hatten Streit“, erwiderte sie und diesmal war es die Wahrheit. „Er kommt vielleicht nicht zurück.“

„Noch mehr Lügen. Ich habe den Alarm ausgelöst, damit er zurückkommt. Ich bin sicher, dass er eine Benachrichtigung auf seinem Handy erhalten hat.“

Sie hatte das Sicherheitssystem vergessen, aber Solok irrte sich, was die Details anging. Rogers‘ Unternehmen würde Alarm schlagen, was bedeutete, dass sie von der Gefahr wussten und vermutlich Anderson gewarnt hatten. Wenn sie nur noch ein bisschen länger durchhalten könnte, müsste sich Anderson Solok nicht allein stellen.

Vorsichtig bewegte sie ihr Handgelenk und packte das Ende des Gürtels, mit dem es gefesselt war. Wenn sie ihre Hände befreien könnte …

Bevor sie mehr tun konnte, fühlte sie Andersons Anwesenheit im Raum mehr, als dass sie ihn sah. Er war durch die Küche eingetreten und geräuschlos ins Wohnzimmer gekommen. Seine Arme waren weit geöffnet.

Was machte er da? Warum hatte er keinen Überraschungsangriff gemacht?

Aber sie wusste, warum. Obwohl er sie nicht liebte, wollte er ihr Leben nicht gefährden.

„Ah, sehr gut. Sie sind zurück." Soloks Lächeln war mörderisch. „Warum nehmen Sie nicht Platz, damit wir uns … unterhalten können?"

„Ich habe eine bessere Idee", sagte Anderson mit kühler Stimme. „Warum lassen Sie nicht Violet frei und behalten mich?"

„Hier wird nicht verhandelt. Hinsetzen." Solok deutete auf einen Stuhl links neben Violet, während seine Waffe immer noch auf sie gerichtet war. „Hände auf die Knie."

Anderson gehorchte und wandte sich an Violet. „Geht es dir gut?"

„Vorerst", sagte sie mit ruhiger Stimme. Während sie sprach, zerrte sie an dem Knoten hinter ihrem Rücken. „Du hättest wegbleiben sollen."

„Das konnte ich nicht", antwortete Anderson und sah ihr in die Augen.

„Wie rührend", spottete Solok.

„Überhaupt nicht." Anderson richtete seinen Blick auf den Mann. „Die Neugier hat mich hergeführt. Ich wollte wissen, warum Sie uns verfolgen. Ich kann es mir nicht erklären."

„Vielleicht kann die Analystin das tun." Solok berührte ihre Wange mit einem Finger.

„Ich schätze, ich bin nicht so gut, wie ich dachte. Ich habe keine Ahnung." Sie blieb trotz seiner widerlichen Berührung ruhig.

„Ich will Rache. Sie beide haben mein Leben in Moskau und meine Familie zerstört."

„Ihre Familie?", fragte Violet und spürte, wie sich der Gürtel etwas lockerte.

„Sie haben Volkhov ins Gefängnis gebracht. Er war … er war wie ein Vater für mich." Er wandte sich ab, als er sprach, aber nicht so weit, dass sie oder Anderson etwas unternehmen konnten. „Er hat mich mit vierzehn aus einem Waisenhaus geholt und einen Mann aus mir gemacht."

„Ich bin sicher, dass seine Gefängnisstrafe recht kurz ist." Russische Mafia-Bosse verbrachten nie länger als ein paar Monate im Gefängnis.

„Er ist tot." Solok drehte sich wieder in ihre Richtung. Seine Augen waren eiskalt.

„Was?" Die Neuigkeit schockierte sie. Keine der von ihr überprüften Informationen hatte darauf hingedeutet, dass Volkhov tot war.

„Das Gefängnis hat die Aufzeichnungen gefälscht, um die Wahrheit zu verbergen, aber er ist tot." Solok sah gequält aus. „Ich habe seine Leiche selbst abgeholt."

„Das …", begann Anderson.

„Das wussten wir nicht", unterbrach sie ihn, anstatt zu riskieren, dass Andersons Kommentar Solok reizte. Der richtige Zeitpunkt dafür war noch nicht gekommen. Sie täuschte kein Mitgefühl vor, aber sie wollte Solok weiterreden lassen, während sie daran arbeitete, ihre Hände zu befreien.

„Also verstehen Sie sicher, warum Sie sterben müssen", sagte Solok und sie zitterte.

„Eine Familie für eine Familie", sagte Violet leise, als sie plötzlich alles begriff. Ihre und Andersons Geheimdienstarbeit hatte Volkhov und sein

Syndikat zerstört und Solok sozusagen ohne Rudel zurückgelassen. Seine ‚Familie' war weg, also wollte er ihre töten. Es war die ultimative Rache.

„Ja", bestätigte Solok mit einem Nicken.

„Darf ich zuerst eine Frage stellen?" Als er nichts dagegen einwandte, fuhr sie fort. „Was ist mit den vier Männern, die uns gestern angegriffen haben? Welche Absicht steckte dahinter?"

Solok winkte ab. „Diese Männer hatte ich von einem anderen Syndikat ausgeliehen. Sie sind unwichtig."

„Warum haben Sie sie dann eingesetzt?", fragte sie und erkaufte sich Zeit, um weiter an dem Knoten zu arbeiten.

Wieder blitzte sein wölfisches Grinsen auf. „Damit Sie denken, Sie wären frei. Ich überrasche meine Beute gern. Ich will, dass sie sich sicher fühlt, bevor ich angreife."

Das erklärte die Leichtigkeit, mit der die Männer entwaffnet worden waren. Sie waren Opferlämmer gewesen – vielleicht auf ihre Weise gefährlich, aber in diesem Fall dafür bezahlt, dass sie versagten. Sie hatte letzte Nacht nur einen Teil des Puzzles gesehen. Wenn sie nicht von den Spannungen zwischen ihr und Anderson abgelenkt gewesen wäre, hätte sie vielleicht erkannt, dass ihr Sicherheitsgefühl falsch war.

Sie warf Anderson einen Blick zu. Er war so angespannt wie eine Metallfeder und bereit zum Angriff. Bei der nächsten Gelegenheit würde er sich auf Solok stürzen – und der Kerl würde nicht zögern, ihn zu erschießen. Sie brauchte eine andere Lösung. Ihre Hände freizubekommen war nicht genug. Sie brauchte eine Waffe. Plötzlich hatte sie eine Idee. Unmittelbar unterhalb ihres Sitzplatzes bewahrte Anderson eine Pistole in der Couchtischschublade auf.

Sie hatte wegen Nate Einwände dagegen erhoben, aber Anderson hatte argumentiert, dass das Baby gar nicht dorthin gelangen konnte. Sie hatte nachgegeben … aber war sie immer noch da? Hatte Anderson seine Waffen schon eingepackt, weil er bald gehen wollte?

Es war ein Risiko, das sie eingehen musste. Erleichtert löste sie den Rest des Knotens, der ihre Hände hinter ihrem Rücken gefesselt hatte. Als Anderson sah, dass ihre Hände frei waren, und er zu spüren schien, dass sie einen Plan hatte, zog er Soloks Aufmerksamkeit auf sich.

„Sie werden verhaftet und wegen Mordes angeklagt", sagte Anderson.

„In dem unwahrscheinlichen Fall, dass ich in Gewahrsam genommen werde", sagte Solok unbeeindruckt, „würde ich sofort ausgeliefert werden."

„Darauf würde ich nicht wetten", spottete Anderson und beugte sich vor.

Solok schien nicht erschrocken zu sein, aber er war ein bisschen abgelenkt. Sie musste diese Gelegenheit nutzen.

Bevor sie handeln konnte, weinte Nate in seiner Wiege. Soloks Augen wanderten zur Decke und Anderson sprang auf und rammte seinen Kopf in den Bauch des Russen. Soloks Waffe fiel aus seiner Hand und flog durch den Raum, bis sie außerhalb der Reichweite der beiden Männer landete.

Violet öffnete die Schublade, holte Andersons Waffe heraus und entsicherte sie, als sie sie anhob. Die Männer kämpften und machten es ihr unmöglich, einen sauberen Schuss abzufeuern. Sie wartete und suchte nach einer Gelegenheit. Sekunden vergingen. Solok ähnelte in Bezug auf Größe und Gewicht Anderson, aber der SEAL war schneller. Als Anderson Solok zurückstieß und etwas Abstand zwischen sie brachte, schoss sie.

Die Kugel drang oben rechts in Soloks Brust ein. Sie hatte nicht geschossen, um ihn zu töten, sondern um ihn zu stoppen. Der Russe taumelte und ging zu Boden. Anderson war sofort bei ihm, drehte ihn um und riss seine Hände hinter seinen Rücken. Solok schrie vor Schmerz, aber Anderson war gnadenlos, bis er ihn gefesselt hatte.

Da sie wusste, dass Anderson alles unter Kontrolle hatte, senkte sie die Waffe. Sie fühlte sich wie erstarrt bei dem Wissen, dass sie Schuldgefühle haben sollte, weil sie auf einen Menschen geschossen hatte. Sie bereute jedoch nichts und hatte kein Mitleid mit dem Mann, der Anderson, sie und ihren Sohn bedroht hatte. Er hätte sie alle getötet. Jetzt, da die Gefahr vorbei war, spürte sie, wie Nervosität und Übelkeit in ihr aufstiegen.

Anderson stand auf und kam auf sie zu, aber das Quietschen von Reifen vor dem Haus und Nates Schreie ließen Violet in Aktion treten. Sie ging zur Haustür und öffnete sie, um Rogers‘ Männern zu signalisieren, dass die Gefahr vorbei war. Ohne darauf zu warten, dass sie eintraten, nahm sie zwei Stufen gleichzeitig, um zu Nates Wiege zu eilen.

KAPITEL NEUNZEHN

Als Violet erwachte, ruhte ihr Kopf auf Andersons Brust. Seine Hand war auf ihrer Taille und sie konnte seinen langsamen, stetigen Atem hören. Es war himmlisch, wieder in seiner Nähe zu sein, ein Bett mit ihm zu teilen und zu wissen, dass niemand mehr versuchte, ihnen Schaden zuzufügen.

Nicht lange, nachdem Rogers‘ Männer am Vortag gekommen waren, war Anderson ihr nach oben gefolgt, wo er sie kurz und fest umarmt hatte. Er hatte Nate von ihr entgegengenommen und ihn eine Minute lang festgehalten. Danach hatte sie den ganzen Tag kaum mit Anderson gesprochen. Sie hatten Nate abwechselnd gehalten, während sie von der örtlichen Polizei und dem FBI befragt wurden.

Da Solok Russe war und für eine lange Liste von Verbrechen gesucht wurde, war der Prozess der Befragung weitaus komplizierter als zuvor bei den vier Schlägern. Sie hatte fast zwei Stunden damit verbracht, mit ihren Vorgesetzten bei ihrer Behörde zu sprechen und ihnen jedes Detail des Geschehens zu berichten. Sie war nur kurz wegen ihrer Protokollverletzung ermahnt worden. Ihre Vorgesetzten hatten die ungewöhnlichen Umstände verstanden. Anderson schien ein ähnliches

Gespräch mit seinem befehlshabenden Offizier geführt zu haben, wie sie gehört hatte.

Am Abend waren sie beide erschöpft gewesen. Nachdem Violet Nate in seine Wiege gelegt hatte, war sie auf dem Flur im Obergeschoss mit Anderson zusammengestoßen. Sie hatten sich nicht die Mühe gemacht zu sprechen. Alles, was zählte, waren Taten. Er hatte sie in ihr Schlafzimmer geführt, sie langsam ausgezogen und geliebt. Es war gleichzeitig die realste und die magischste Erfahrung ihres Lebens gewesen.

Sie hasste, daran zu denken, was der neue Tag bringen würde. Es war viel besser, so zu tun, als wäre alles zwischen ihnen perfekt, als sich der Realität ihres Lebens zu stellen. Anderson hatte nichts gesagt, was sie glauben ließ, dass er seine Meinung über sie und ihre Zukunft geändert hatte. Würde er aufwachen und erklären, dass er einfach nicht für das Vatersein bestimmt war? Würde er sie und Nate nach Hause begleiten und dann ohne einen Blick zurück weggehen, wie er geplant hatte?

Das konnte sie nicht wissen. Soweit sie wusste, könnte die gemeinsame Nacht seine Art gewesen sein, um sich von ihr zu verabschieden. Sie seufzte und er regte sich. Seine Hand strich über ihre Haare und legte sich dann wieder auf sie.

„Guten Morgen“, sagte er mit tiefer, sexy Stimme.

„Hi.“ Sie drehte ihr Gesicht zu seinem.

„Ist Nate wach?“, fragte er.

„Noch nicht“, sagte sie. Sie hatten noch ein paar Minuten Zeit, bevor er sich rühren würde. Sie freute sich darauf, zu Nates Routine zurückzukehren. Diese ganze Erfahrung war schwer für ihn gewesen. Die Frage war nur, ob sie bald wieder alleinerziehend sein würde.

„Wir müssen weg von hier“, sagte er. „Es ist am besten, wenn wir verschwinden, bevor die Nachbarn zu viele Fragen stellen.“ Der Schuss, der Krankenwagen und die zahlreichen Streifenwagen waren nicht unbemerkt geblieben. In der Nachbarschaft wurde getratscht und wild spekuliert.

„Ich weiß“, stimmte sie ihm zu und sah sich der Realität gegenüber, dass ihre gemeinsame Zeit vorbei war. Anderson war bereit, mit seinem Leben weiterzumachen, und sie hatte keine andere Wahl, als es ihm gleichzutun. „Ich habe keine Ahnung, wie ich den netten Leuten hier erklären soll, was passiert ist. Sie wären schockiert, wenn sie wüssten, dass ein russischer Killer in ihrer Straße war. Vielleicht sende ich ihnen einen Dankesbrief, wenn ich nach Hause komme.“

Sie wartete einen Herzschlag und bewegte sich dann, um aufzustehen. Obwohl sie so bleiben wollte, wie sie waren, war es an der Zeit, sich körperlich und emotional von ihm zu lösen.

„Geh noch nicht“, sagte er und lehnte sich mit dem Rücken an das Kopfteil des Bettes. „Wir müssen darüber reden, wie es weitergeht.“

Das war der Moment, vor dem sie sich gefürchtet hatte – der offizielle Abschied. Ihr wurde schon bei dem Gedanken daran schlecht, aber sie zwang sich, einen logischen Plan für ihre Trennung aufzustellen. „Ich schätze, wir müssen zusammen dorthin fahren, wo wir dein Auto abholen können. Rogers hat mir die Erlaubnis erteilt, den Wagen, den wir hier benutzt haben, mit nach Hause zu nehmen, bis ich eine Alternative gefunden habe.“

„Wir brauchen also zwei Autos, um nach Hause zu kommen?“, fragte er und seine Augen wanderten über ihr Gesicht.

„Nun … ja. Ich wohne nicht in deiner Nähe.“ Sie erkannte, dass er nicht einmal wusste, in welcher Stadt sie lebte. Sie hatte ihn in seinem Haus getroffen, als alles begonnen hatte. Wenn auf der Straße nicht viel los war, war es eine zweistündige Fahrt von dort zu ihrem Haus. „Ich nehme an, du gehst nach Hartsville und ich …“ Sie verstummte. Schlug er etwa vor, dass sie zusammenblieben? Sie berührte seine Brust und ihre Finger glitten über die harten Muskeln, bevor sie sich aufhalten konnte. „Warte, was …“

„Ich will, dass wir zusammenleben. Ich meine, wenn du das auch willst.“ Sein Gesichtsausdruck war ernst, vielleicht sogar ein wenig besorgt. „Ich weiß nur nicht, welches Haus besser ist. Was denkst du? Ich liebe Hartsville und ich denke, es ist ein sicherer Ort. Andererseits ist mein Haus nicht für ein Baby eingerichtet. Du hast wahrscheinlich alles, was du brauchst, bei dir zu Hause und ich nehme an, es ist näher an deiner Arbeit. Vielleicht solltest du basierend auf den Daten Projektionen ausarbeiten, damit wir eine fundierte Entscheidung treffen können.“

Er redete weiter, aber sie konnte nicht darüber hinwegkommen, dass er mit ihr zusammen sein wollte. Bedeutete das, dass er sie und Nate liebte? War er bereit, mit ihnen eine Familie zu sein?

„Wir sollten wahrscheinlich die Kriminalitätsrate berücksichtigen“, fuhr er fort, „und den Zugang zu medizinischer Versorgung sowie die Qualität der umliegenden Schulen in die Analyse einbeziehen.“

„Anderson, mach langsam“, brachte sie heraus.

„Ist es zu früh, um sich um Schulen zu sorgen?“

„Ja, und du hast einige Datenpunkte übersprungen. Punkte, die ich brauche, um eine richtige Projektion zu erstellen.“

„Zum Beispiel?“ Er grinste sie an. Neckte er sie? Sie konnte es nicht sagen.

Nate begann, in seiner Wiege zu plappern. „Warte hier. Geh nirgendwo hin. Bitte.“ Sie berührte Andersons Wange und wollte ihn unbedingt küssen, aber sie hatte Angst, darauf zu vertrauen, was er zu sagen schien. „Wenn ich zurückkomme, müssen wir dieses Gespräch fortführen, da ich sehr daran interessiert bin, die fehlenden Daten zu sammeln.“ Sie stand auf und zog ihren Morgenmantel an.

Im Kinderzimmer begrüßte Nate sie mit einem Grinsen. „Ein Zahn!“, rief sie. „Daddy wird sich freuen zu sehen, dass er endlich durchgekommen ist.“ Sie wechselte schnell seine Windel und fütterte ihn, bevor sie ihn in ihr Schlafzimmer mitnahm. Sie war ein wenig überrascht, dass Anderson immer noch genauso wartete, wie sie ihn zurückgelassen hatte. Er war niemand, der herumsaß … aber sie hatte ihm spezifische Anweisungen gegeben und er hatte sie befolgt. Sie lächelte.

„Lass mich.“ Er streckte Nate die Arme entgegen und drückte das Baby an seine Brust. „Jetzt du.“ Er tätschelte das Bett neben sich. Als sie saß, zog er sie an seine andere Seite. Sie fühlte einen sanften Kuss auf ihrer Schläfe und seufzte, während ihr Körper vor Vorfreude kribbelte. Etwas sehr Gutes würde passieren. Alle Daten deuteten darauf hin.

„Jetzt sag mir, warum wir uns zwischen meinem und deinem Haus entscheiden sollen“, verlangte sie.

„Weil wir zusammen sein müssen, Violet.“ Wieder küsste er ihre Haare. „Ich kann nicht ohne dich leben.“

Sie neigte den Kopf zurück, um sein Gesicht zu sehen. „Das ist eine große Veränderung deiner Position.“

Er verzog das Gesicht. „Ich war ein verdammter Dummkopf. Gestern Morgen bin ich hierher zurückgeeilt, um dir etwas Wichtiges zu sagen, etwas, das ich endlich erkannt hatte. Ich hoffe, du verzeihst mir, dass ich so langsam war …“ Er brach ab. „Das ist alles neu für mich.“

„Anderson, du musst mir sagen, was *das* ist. Das ist eine wirklich wertvolle Information für mich.“

„Das kann ich tun. Ich liebe dich, Violet.“ Er beugte sich vor, um ihren Lippen einen perfekten Kuss zu geben, bevor er weitersprach. „Wie bei dir auch, hat es wohl in Russland angefangen, aber ich habe es verdrängt. Ich habe mir nie gestattet, an die Liebe oder die Familie zu glauben. Das waren Dinge, die andere Menschen hatten. Als du vorgeschlagen hast, dass wir sie auch haben könnten, weil du sie mit mir haben wolltest, war ich erschüttert. Ich wusste nicht, wie ich antworten sollte.“ Er grinste sie verlegen an. „Also habe ich schlecht reagiert. Ich dachte, du wärst besser dran, wenn ich dich und Nate wegstoßen würde.“

„Niemals“, sagte sie und ihr Herz schmolz bei jedem seiner Worte dahin.

„Ich bin froh, dass du so denkst, weil ich nicht ohne euch beide sein kann“, sagte er. „Ich bin immer noch nicht überzeugt davon, dass ich weiß, wie man ein guter Vater ist, aber ich werde es versuchen.“

Sie zeigte auf Nate, der sich mit dem Daumen im Mund an ihn kuschelte. „Denkst du, das ist kein Beweis für deine Fähigkeit, Vater zu sein? Sieh ihn dir an.“

„Er ist wunderschön.“ Andersons Stimme war fast ehrfürchtig. „Und du bist es auch. Ich habe Angst, dass ich versagen und dich enttäuschen werde, aber ich liebe dich zu sehr, um etwas anderes zu wollen, als bei dir zu sein. Können wir zusammen sein?“

„Ja.“ Sie legte einen Arm um Anderson und den anderen um ihren Sohn und fühlte, dass sie jetzt wirklich eine Familie waren. „Ich liebe dich auch, Anderson. Das weißt du schon, weil ich es nicht für mich behalten konnte, auch wenn ich es hätte tun sollen.“

„Nein, du hattest recht damit, es zu sagen. Es war das, was ich hören musste. Du bist mutig, brillant und schön und ich verdiene dich nicht.“

„Hör auf, so zu reden.“ Sie drehte sich weiter zu ihm. Sein Gesichtsausdruck war so ernst, dass sie nicht widerstehen konnte, die Sorgenfalten auf seiner Stirn zu berühren. „Wir wissen bereits, dass wir ein großartiges Team sind. Es gibt keinen Grund, daran zu zweifeln.“ Sie lächelte ihn an und genoss den Moment. Dann legte sie all ihre Gefühle in einen zärtlichen Kuss.

Der Kuss endete, als Nate ein gurgelndes Geräusch machte und seine kleine Hand ausstreckte, um eine ihrer Haarsträhnen zu packen.

„Ich denke, er ist bereit für den Tag“, sagte sie und befreite ihre Haare sanft aus Nates Faust.

„Dann sollten wir ihn nach Hause bringen.“

KAPITEL ZWANZIG

Zehn Monate später

„Fertig“, sagte Anderson, als er die Schaukel für Kleinkinder an das Spielgerüst in seinem Garten hängte. Es war eine kunstvolle Festung mit einer Kletterwand in Kindergröße, einer Strickleiter und einer Rutsche. Violet hatte sich lachend beschwert, dass es wie ein Mini-SEAL-Trainingsgelände aussah. Anderson konnte ihrer Einschätzung nicht widersprechen und freute sich darauf, seinem Sohn neue Fähigkeiten beizubringen.

„Keine schlechte Arbeit für ein Wochenende“, kommentierte Patrick, als er sein Werkzeug einsammelte.

„Ich weiß eure Hilfe zu schätzen.“ Anderson gab Patrick und Kenton die Hand. Die drei waren vor zwei Wochen von einer Mission zurückgekehrt und sollten erst in einem Monat wieder eingesetzt werden, sodass sie alle ihre freie Zeit in Hartsville genossen. „Eines Tages werden wir uns revanchieren, Kenton.“

Kenton schüttelte den Kopf. „Das ist unwahrscheinlich, aber ich helfe euch immer gern.“

Anderson ging mit ihnen zu ihren Trucks und dankte ihnen noch einmal. Nachdem sie weggefahren waren, kehrte er allein in den Garten zurück. Er und Violet hatten einige Monate zuvor ein größeres Haus in Hartsville gekauft. Nach vielen Diskussionen hatten sie Andersons Heimatstadt ausgewählt, um Nate großzuziehen. Violet hatte mit ihrer Behörde vereinbart, künftig von zu Hause aus zu arbeiten, und bis jetzt lief alles perfekt.

Die Gegend war viel schöner als die, in der Anderson aufgewachsen war, und er liebte es. Es liebte die freundliche Atmosphäre und das Gefühl, dass die Leute aufeinander aufpassten. Es beruhigte ihn, wenn er auf Missionen ging und seine Familie zurücklassen musste.

Seine Familie. Die Worte überraschten ihn manchmal immer noch, aber er war bereit für den nächsten Schritt, den er an diesem Tag machen wollte. Er berührte seine Tasche und versicherte sich, dass die kleine Schatulle noch da war. In den letzten Wochen hatte er Violet so oft beinahe einen Antrag gemacht, aber er wollte, dass das Timing genau richtig war.

Er betrachtete seinen Garten. Er hatte dafür gesorgt, dass die Umgebung perfekt für diesen Anlass war. Blumen blühten in einem Meer aus Weiß, Gelb und Rosa und ein sanfter Duft erfüllte die Frühlingsluft, die am späten Nachmittag von mildem Sonnenschein erwärmt wurde. Jetzt fehlten nur noch Violet und Nate.

Wie auf Kommando erschienen sie auf der Terrasse. Nates kurze Kinderbeine bremsten ihn nicht. Als Violet ihn ins Gras stellte, rannte der Junge auf Anderson und seinen neuen Spielplatz zu.

„Willst du die Schaukel ausprobieren?“, fragte Anderson, hob seinen Sohn hoch und drehte sich mit ihm im Kreis. Seit er sich auf die Vaterrolle eingelassen hatte, war es, als hätte sich sein Herz weit geöffnet. Er machte bei Nate nicht immer alles richtig, aber er versuchte es.

„Ja“, rief Nate.

„Also los.“ Anderson setzte Nate in die Schaukel, die einem Eimer ähnelte, gab ihr einen Schubs und setzte sie in Bewegung. Nates breites Grinsen war mehr Dank, als Anderson für die Arbeit, die er in den Aufbau gesteckt hatte, brauchte.

„Ich glaube, es gefällt ihm“, sagte Violet und stellte sich neben Anderson. Sie raubte ihm immer noch den Atem mit ihren hellen, seelenvollen Augen und der Art, wie ihre offenen Haare ihre Schultern umgaben. „Wie schön, so etwas im eigenen Garten zu haben. Er weiß nicht, wie er dir danken soll, aber ich weiß es.“

„Er ist mein Sohn. Tun Väter das nicht für ihre Kinder?“, fragte Anderson. Nate war für ihn eine ständige Quelle der Faszination. Anderson war immer wieder erstaunt, wie sehr sich Nate während seiner Abwesenheit veränderte, auch wenn er nur kurze Zeit unterwegs war.

„Ich wusste, dass du irgendwann so denken würdest. Ich war sogar so zuversichtlich, dass ich angefangen habe, ein wichtiges Dokument ändern zu lassen“, sagte sie lächelnd.

„Oh, was denn?“

Sie zog einen Umschlag aus der Tasche und reichte ihn ihm. „Nates Geburtsurkunde. Ich möchte, dass er offiziell Nathan Anderson DiPaula *Park* heißt.“

Anderson faltete das Dokument auseinander und starrte es sprachlos an. Alle Details über Nates Geburt standen darauf. Datum, Uhrzeit, Ort, Mutter und jetzt auch Vater.

„Es ist noch nicht hundertprozentig offiziell“, sagte sie. „Du musst den Antrag unterschreiben und wir müssen ihn im Gerichtsgebäude abgeben. Aber ich dachte …“

„Ich fühle mich geehrt“, sagte Anderson gerührt. Er wusste, dass Violet darauf vertraute, dass er sich um ihren Sohn kümmerte, aber die geänderte Geburtsurkunde fühlte sich wie ein noch größeres Glaubensbekenntnis an seine Vaterqualitäten an.

„Ich bin froh darüber", sagte sie und gab Nate in der Schaukel einen sanften Stoß. „Was für ein perfekter Tag. Ich liebe den Frühlingssonnenschein und ich liebe es, meine Jungs beide bei mir zu haben."

Ihre Worte erinnerten ihn daran, dass er auch eine Überraschung hatte, von der er hoffte, dass sie den Tag für sie noch perfekter machen würde.

„Ich habe auch etwas für dich", sagte er, zog die Schatulle aus seiner Tasche und sank auf ein Knie. Sie schnappte nach Luft und als er nach ihr griff, legte sie bereitwillig ihre Hände in seine. „Violet, du hast mir so viel gegeben. Nate, ein Leben, das ich nie erwartet hätte, Verständnis und so viel Liebe. Ich möchte niemals ohne dich sein. Also hoffe ich, dass du mich heiratest. Willst du?"

„Zweifelst du etwa daran?" Sie beugte sich vor und strich mit ihren Lippen über seine. „Natürlich will ich dich heiraten."

Er war sich ihrer Antwort fast sicher gewesen, aber er spürte dennoch, wie Erleichterung in ihm aufstieg. „Möchtest du den Ring sehen?"

Sie nickte und er ließ ihre Hände los, um die Schatulle zu öffnen. Der Diamant des Platinrings war oval geschliffen und wurde von kleinen Diamanten umgeben. Er hatte sich Hunderte von Ringen angesehen, bevor er diesen gefunden hatte. Etwas daran hatte ihn angesprochen und er hatte gewusst, dass es der Richtige war. Ihrem Gesichtsausdruck nach zu urteilen, hatte er damit recht gehabt.

„Er ist fantastisch", flüsterte sie. „Einfach wunderschön."

Er nahm ihn aus der Schatulle und sie streckte ihre linke Hand aus. Als er den Ring über ihren zitternden Finger schob, fühlte er sich auf eine Weise vollständig wie noch nie zuvor. Sie drehte ihre Hand, sodass das

Sonnenlicht von dem Diamanten reflektiert wurde, und war offensichtlich zufrieden mit dem, was sie sah.

„Komm her“, sagte sie mit atemloser Stimme und packte die Vorderseite seines Shirts, um ihn hochzuziehen.

Er legte seine Arme um sie und drückte sie fest an sich. Ihre Hände wanderten zu seinen Schultern und sie neigte ihr Gesicht einladend zu seinem. Als er sie küsste, genoss er das Wissen, dass sie für immer ihm gehörte.

„Wann sollen wir heiraten?“, fragte er, als der Kuss endete. Er war bereit für eine große Hochzeit, wenn sie das wollte.

„Bevor du auf deinen nächsten Einsatz gehst“, sagte sie, ohne zu zögern.

„Was? Im nächsten Monat?“ Er betrachtete ihr Gesicht. Er sollte bald für eine Mission, die voraussichtlich den ganzen Sommer dauern würde, auf dem Stützpunkt sein. Das ließ nicht viel Zeit für die Hochzeitsplanung oder die Flitterwochen.

„Ja. Je früher, desto besser.“ Sie strich mit den Fingern durch seine Haare und zog ihn für einen weiteren Kuss näher an sich. „Und nach der Hochzeit können wir damit anfangen, an einem kleinen Bruder oder einer kleinen Schwester für Nate zu arbeiten“, flüsterte sie.

„Mehr Kinder?“ Der Gedanke hätte ihn in Panik versetzen sollen. Stattdessen begrüßte er ihn. Und dieses Mal würde er bei jedem Schritt für Violet da sein.

„Das ist ein großes Haus.“ Sie neigte ihren Kopf zu ihrem neuen Zuhause. „Wir sollten es füllen und ich möchte nicht, dass Nate ein Einzelkind ist, weil …“

„Du musst mich nicht überzeugen“, sagte er. „Ich bin dabei.“

Sie lächelte ihn an und Liebe funkelte in ihren Augen. Er hatte nicht gedacht, dass er glücklicher sein könnte, als er bereits war, aber ihre Pläne für die Zukunft ließen ihn darauf vertrauen, dass von nun an alles noch besser werden würde.

ENDE VON DAS ÜBERRASCHUNGSBABY DES SEALS

HARTSVILLES SEAL HELDEN BUCH 2

Die Scheinehefrau des SEALs

Das Überraschungsbaby des SEALs

Die plötzliche Familie des SEALs

Die Mitbewohnerin des SEALs

Die Behandlung des SEALs

Die Affäre des SEALs

Lieben Sie heißblütige und leidenschaftliche SEALS? Dann lies weiter für eine achenve Leseprobe von Leslie North's ***Die plötzliche Familie des SEALs*** und ***Der Überraschungssohn des SEALs***.

VIELEN DANK!

Vielen Dank, dass ihr mein Buch gekauft, heruntergeladen und gelesen habt. Es fällt mir schwer, in Worte zu fassen, wie sehr ich meine Leser schätze. Wenn es euch gefallen hat, dann denkt bitte daran, eine Bewertung zu schreiben. Ich höre so gern von meinen Lesern! Ich möchte euch auch weiterhin glücklich achen. 😊

Um alle Bücher von Leslie North zu sehen, besucht:

Leslie North's Amazonseite

Leslie North's Facebook

Melde dich für meinen Newsletter an und erhalte Informationen über Neuerscheinungen:
Leslie North's Newsletter (DE)

ÜBER LESLIE

Leslie North steht auf den Bestsellerlisten von USA Today und ist das Pseudonym einer von Kritikern gefeierten Autorin zeitgenössischer Liebesromane für Frauen. Ihre Anonymität erlaubt ihr, vor allem in ihren romantischen und erotisch-fantastischen Erzählungen, die ganze Bandbreite ihres künstlerischen Könnens unter Beweis zu stellen.

P.S.: Hättest du gerne eine Vorschau, ein Werbegeschenk, ein Vorabdruck-Angebot, viele Extras und Bilder von bösen Jungs? Dann besuche meine:
http://leslienorthbooks.com/leslie-north-deutsch

facebook.com/LeslieNorthDE

instagram.com/leslienorthbuecher

KLAPPENTEXT

Der Navy SEAL Kenton Fitzpatrick hat sein Leben perfekt geplant. In ein paar Jahren will er das Militär verlassen, eine nette Frau finden, sie heiraten und Kinder mit ihr haben. Aber alles gerät durcheinander, als er vorzeitig von einer Mission zurückkehrt und eine schöne Frau mit kleinen Zwillingen und einem sabbernden Hund in seinem Haus vorfindet. Mia Kingston, die nach dem Tod ihrer Schwester das Sorgerecht für ihre Nichten bekommen hat, hat ihre Wohnung bei einem Brand verloren und Kentons Mutter dachte, es wäre in Ordnung, sie während seines Einsatzes in seinem Haus einzuquartieren. Obwohl es nicht ideal ist, eine Familie bei sich zu haben, willigt Kenton ein, sie bleiben zu lassen. Da sein Lebensplan in Stein gemeißelt ist, macht er sich keine Sorgen, dass ein Freigeist wie Mia ihn davon abbringen könnte. Aber als ein rachsüchtiger Feind aus Kentons Vergangenheit auftaucht und Mia und die Zwillinge bedroht, muss Kenton vielleicht doch eine Änderung seiner Pläne akzeptieren.

Mia hat immer vorgehabt, nach Ende der Renovierungsarbeiten in ihre Wohnung zurückzukehren. Sie hatte nie vor, sich in einen sexy SEAL zu verlieben. Andererseits war Mia trotz des Chaos der Zwillinge, der Bedrohung ihres Lebens und Kentons frustrierendem Bedürfnis, *alles* zu planen, noch nie glücklicher. Nachdem sie ihre Eltern in jungen Jahren verloren hat, ist es schön, eine Familie zu haben – auch wenn sie nicht ganz echt ist. Während Kenton völlig darauf konzentriert ist, sie alle zu verteidigen, kämpft Mia darum, ihr Herz davor zu schützen, sich Hals über Kopf in ihn zu verlieben.

Muss Kenton Mia erst beinahe verlieren, um zu erkennen, dass er ohne sie nicht leben kann?

~

EXKLUSIVE AUSZUG

Kapitel Eins

Kenton Fitzpatrick klappte seinen Laptop zu und betrachtete die Männer, die ihm gegenübersaßen. Patrick und Anderson waren wichtige Mitglieder des SEAL-Teams, das er leitete – und seine beiden engsten Freunde.

„Ich bin nicht zufrieden mit dem, was passiert ist", sagte er kopfschüttelnd. Seine Vorgesetzten waren auch nicht zufrieden mit der Leistung seines Teams, also hatte er Kritik hinnehmen müssen, was ungewohnt für ihn war. „Ich will einen neuen Versuch."

Die Mission in Nordafrika mit dem Ziel, einen Kinderhändlerring zu zerschlagen, war bestenfalls teilweise erfolgreich gewesen. Kentons Team hatte es geschafft, das Netzwerk, das Kinder aus aller Welt entführte und in Schicksale verkaufte, über die er nicht nachdenken wollte, zu schwächen, aber nicht zu zerstören.

„Den bekommen wir wahrscheinlich nicht", sagte Patrick und lehnte sich auf seinem Stuhl zurück. „Aber ein anderes Team wird damit beauftragt werden, das zu vollenden, was wir nicht geschafft haben."

„Vielleicht hat es mehr Glück", fügte Anderson hinzu.

„Glück hat nichts mit dieser Art von Arbeit zu tun", sagte Kenton rundheraus. Er nahm einen Kugelschreiber vom Tisch und klickte darauf, während er nachdachte. Es stimmte, dass sein SEAL-Team gelegentlich Glück hatte, aber Erfolg beruhte auf sorgfältiger Planung und fehlerfreier Ausführung. Er war dafür bekannt, bei Ersterem hervorragend zu sein. Und er konnte das Vorgehen seiner Männer nicht bemängeln. Sie hatten getan, was er geplant hatte, aber der Anführer des Menschenhändlerrings war ihnen entkommen. Kenton glaubte nicht, dass es lange dauern würde, bis Marcus Ocampa ein neues Netzwerk aufbaute, das es auf unschuldige Kinder abgesehen hatte. Und das machte ihn wütend.

„Ich versuche immer noch herauszufinden, was genau schiefgelaufen ist", sagte Anderson. Seine Sprachkenntnisse und sein analytisches Gehirn waren während der Mission von unschätzbarem Wert gewesen, aber sie hatten nicht ausgereicht, um das Team zu seinem Endziel zu bringen.

„Ich auch." Kenton musste weiter darüber nachdenken. Vielleicht würde es ihm dann einfallen. Er wollte wissen, was seine Fehler gewesen waren, damit er sie in Zukunft vermeiden konnte. „Ich weiß es zu schätzen, dass ihr hierbleibt, um mir dabei zu helfen, die Mission abzuschließen." Anderson und Patrick waren zwei Tage länger auf dem Stützpunkt geblieben, hatten mit ihm Fragen beantwortet und ihm dabei geholfen, die Berichte zu vervollständigen, obwohl sie zu ihren Familien nach Hause hätten gehen können.

„Kein Problem. Ich will mir nicht einmal vorstellen, dass mir eines meiner Kinder weggenommen und so ausgebeutet wird", sagte Patrick schaudernd. Er war Vater eines achtjährigen Mädchens und eines kleinen Jungen. „Es bringt mich dazu, meine Kinder festhalten und nie wieder aus den Augen lassen zu wollen."

Anderson nickte zustimmend. Er hatte kurz vor seinem Einsatz bei dieser Mission geheiratet und er und seine Frau hatten bereits einen kleinen Jungen.

„Ich wette, eure Familien warten sehnsüchtig darauf, euch wiederzusehen. Habt ihr mit ihnen gesprochen, seit wir zurück in den USA sind?", fragte Kenton und fühlte sich schuldig, weil sie seinetwegen auf Zeit mit ihren Frauen und Kindern verzichteten.

„Heute Morgen. Es geht ihnen gut." Patrick grinste. „Es wird bestimmt Chaos herrschen, wenn ich nach Hause komme."

„Und du liebst es", sagte Kenton.

„Das tue ich", bestätigte Patrick, ohne zu zögern. „Du musst es auch irgendwann versuchen."

„Irgendwann werde ich bereit dafür sein", sagte Kenton. Er hatte bestimmte Vorstellungen von seiner Zukunft und Kinder waren ein Teil davon, wie er in den letzten Monaten erkannt hatte. Er besaß bereits ein Haus, das er liebte. Er hatte es erst kürzlich gekauft, aber er war sich sicher, dass er seine Braut dorthin bringen würde. Zuerst musste er allerdings die richtige Frau treffen und dann, wenn die Zeit reif war, würden sie ein paar Kinder haben.

„Vergiss es“, sagte Anderson lachend. „Eine Frau wird in dein Leben platzen und all deine Pläne ändern.“

„Da hat er recht“, stimmte Patrick ihm zu. „Sei bereit, sie aufzufangen, wenn sie plötzlich in dein Leben stolpert, denn du bekommst keine Vorwarnung.“

Das schien bei all seinen Freunden und SEAL-Teamkameraden so gewesen zu sein. Die meisten waren in den letzten Jahren Beziehungen eingegangen und inzwischen damit beschäftigt, Kinder großzuziehen. Trotzdem glaubte Kenton nicht, dass eine Frau einfach so vor seiner Tür auftauchen würde, wie seine Kameraden zu denken schienen.

„Ich muss erst einmal lange genug zu Hause sein, damit das passiert.“ Wenn er nicht im Einsatz war, beriet Kenton andere Teams vor ihren Missionen. Es war ein Leben, das ihn die meiste Zeit außer Landes oder auf den Stützpunkt führte, weshalb er sich darauf freute, nach Hause zu fahren. Ihm stand ein langer Urlaub zu und er hatte vor, ihn sich zu nehmen. Er wollte sich um einige Projekte rund um das Haus kümmern, aber sein wahres Ziel war, den Grundstein für seine Zukunft zu legen. Und das bedeutete, eine Frau zu finden, mit der er sie teilen konnte.

Kentons Handybildschirm leuchtete beim Empfang einer weiteren Nachricht seiner Mutter auf. Margaret Fitzpatrick war die hartnäckigste Frau, die er jemals gekannt hatte. Er hatte ihr früher am Tag eine SMS geschrieben, dass er bald nach Hause kommen würde, und sie hatte ihm seitdem fünf Nachrichten gesendet, in denen sie ihn bat, sich bei ihr zu melden.

„Du solltest deine Mutter anrufen oder ihr eine SMS schicken“, sagte Anderson, der den Bildschirm über den Tisch hinweg sehen konnte. „Du weißt, wie sie ist.“

Die drei Männer grinsten. Margaret war für sie alle wie eine Mutter gewesen, da Patricks Mutter ihn verlassen hatte, als er noch ein Kind gewesen war, und Andersons Mutter nie wirklich Interesse an der Elternrolle gezeigt hatte. Margaret hatte ihnen als Kinder Halloween-Kostüme besorgt und sie nach dem Football-Training an der Highschool abgeholt. Aber sie war niemand, der sich Respektlosigkeiten gefallen ließ.

„Später", sagte Kenton. „Sie will mich wahrscheinlich nur zum Abendessen einladen. Mir ist nicht danach."

„Du musst die Mission hinter dir lassen", sagte Anderson und stand auf. „Wir haben sie analysiert und aus jedem Blickwinkel betrachtet. Was passiert ist, war nicht deine Schuld."

„Davon bin ich noch nicht überzeugt", entgegnete Kenton. Das Gefühl, dass er die Verantwortung für die Geschehnisse trug, ließ nicht nach, als sie vom Stützpunkt nach Hartsville fuhren. Kenton setzte zuerst Patrick an seinem Haus außerhalb der Stadt ab und sah zu, wie sein Freund von seiner Frau und seinen Kindern umarmt wurde. Als Nächstes brachte er Anderson zu seinem Haus in einem der neueren Wohngebiete. Das Licht auf der Veranda war an und Violet trat sofort mit ihrem Sohn Nate auf der Hüfte und einem riesigen Lächeln im Gesicht nach draußen.

Kenton hupte, als er weiterfuhr, und war froh, dass seine Freunde Partnerinnen gefunden hatten, die zu ihnen passten, auch wenn die Beziehungen der beiden ungewöhnlich begonnen hatten. Ein paar Minuten später bog er in die von Bäumen gesäumte Straße ein, in der er wohnte. Er hatte das Haus vor achtzehn Monaten gekauft, als er auf der anderen Seite der Welt gewesen war. Er hatte im Internet Fotos davon gesehen und seine Familie hatte ihm versichert, dass er es lieben würde. Und das tat er. Mehr als er in Worte fassen konnte.

Das dunkelblaue Haus im viktorianischen Stil war stattlich und anmutig und strahlte Komfort und Sicherheit aus. Es war genau das, was er wollte. Patrick und Anderson hatten sich wegen der kunstvollen Zierleiste, des Buntglas-Fensters und des Rundturms über ihn lustig gemacht. Er hatte ihre Neckereien über sich ergehen lassen und daran gedacht, dass seine zukünftige Frau, wer auch immer sie sein mochte, diese Details bestimmt wertschätzen würde.

Als er in seine Einfahrt einbog, war er einfach nur froh, zu Hause zu sein und Zeit und Raum für sich zu haben. Er würde seine Mutter am nächsten Morgen anrufen, aber zuerst wollte er in seinem eigenen Bett schlafen. Er wollte auspacken und sich entspannen, bevor er soziale Kontakte pflegen musste. Das war immer am besten, wenn er von einer Mission kam. Er brauchte Zeit, um sich wieder an die zivile Welt zu gewöhnen.

Er griff nach seiner Reisetasche und hielt inne, als ein Hund bellte. Er hörte genauer hin. In der Dämmerung war es ruhig. Nur das Summen der Zikaden und das leise Rauschen einer frühen Herbstbrise in den Bäumen durchbrach die Stille. Er wartete und das Gebell ertönte wieder. Er hätte schwören können, dass es aus seinem Haus kam, aber seine Ohren mussten ihm einen Streich spielen. Er liebte Hunde und hatte sich sogar dafür interessiert, sie beim Militär auszubilden, aber er hatte seit seiner Kindheit keinen mehr gehabt.

Mit einem Schulterzucken betrat Kenton das Haus durch die Hintertür und ließ seine Reisetasche auf den Boden fallen. Das Kratzen von Pfoten auf dem Fliesenboden war seine einzige Warnung, bevor ein großer Hund gegen ihn prallte, ihn aus dem Gleichgewicht brachte und an die Wand drückte. Der Kopf des Hundes war gegen Kentons Brust gepresst. Er machte keine Anstalten, ihn zu beißen, aber Kenton spürte die Hitze seines Atems und hörte ein leises Knurren aus seiner Kehle.

Was zur Hölle war hier los? Was machte ein Hund in seinem Haus?

Bevor Kenton versuchen konnte, den Hund wegzuschieben, wurde ihm ein Baseballschläger in die Seite gestoßen. Scheiße. Hatte er irgendwie das falsche Haus betreten? Seine Faust umklammerte den Schlüssel, den er immer noch hielt. Nein, er hatte die Tür aufgeschlossen. Bevor er etwas sagen konnte, ließ der Druck an seiner Seite nach, als sein Angreifer die Strategie änderte und seinen Kopf anvisierte. Er parierte den Angriff instinktiv und fing den Baseballschläger auf, bevor er ihn mit voller Wucht traf, aber er konnte einen flüchtigen Schlag auf seine Schulter nicht verhindern.

Er packte den Schläger und entriss ihn seinem Angreifer. Gleichzeitig stieß er sich von der Wand ab und schob den Hund zurück, während seine Sinne verarbeiteten, mit wem er es zu tun hatte. Er kniff die Augen zusammen und versuchte, im Schatten eine Gestalt zu erkennen. Die Person war groß, aber kurvenreich. Damit hatte er nicht gerechnet. Außerdem bemerkte er einen schwachen Hauch von Parfüm in der Luft.

Eine Frau? Die Erkenntnis ließ ihn zögern. Einen Mann hätte er umgehend zu Boden gebracht, aber …

„Was machen Sie hier?“ Die Stimme war weiblich, aber leise und bedrohlich. Kenton wäre beeindruckt von ihrem Mut gewesen, wenn er sich nicht so sehr darüber geärgert hätte, jemanden in seinem Haus vorzufinden.

„Das ist mein Haus“, stieß er hervor. Der Hund zog sich von ihm zurück und trottete zu ihr. „Was zur Hölle machen *Sie* hier?“

Es kam keine Antwort, aber ein Lichtstrahl von oben beleuchtete den Raum. Sie hatte die alte Leuchtstofflampe eingeschaltet, die über ihnen hing.

„Heilige Hölle“, sagte er leise, als er sie anblickte. Sie war schön. Mehr als schön. Ihre dunkelblonden Haare waren mit goldenen Strähnen durchzogen und ihre Augen waren so grün wie die Blätter der Bäume im Sommer. Ein paar Sommersprossen zierten ihre Nase und Wangenknochen und ihr Mund war voll, dunkelrosa und zum Küssen gemacht. Auch was ihre Kurven anging, hatte er sich nicht geirrt. Ihre Brüste waren voll und rund unter ihrem eng anliegenden Shirt, aber ihre Taille war schmal und ihre Beine waren lang. Und sie waren in der Yogahose, die sie trug, deutlich zu sehen.

Sie war nicht auf Augenhöhe mit ihm – das waren nur wenige Frauen –, aber sie war überdurchschnittlich groß. Der flüchtige Gedanke, dass sie genau richtig zu seinem großen Körper passen würde, kam und ging im Bruchteil einer Sekunde, während sie sich gegenseitig anstarrten.

Mit einem herausfordernden Ausdruck auf ihrem Gesicht reckte sie das Kinn und hielt den Baseballschläger weiterhin vor sich, während die langen Wimpern über ihren Augen ihn anblinzelten. Er musste etwas sagen, aber er starrte sie immer noch an.

Ihre Lippen öffneten sich, aber bevor sie sprechen konnte, ertönte im Obergeschoss das laute Geschrei eines Kindes. Ein Kind? Es gab eine unbekannte Frau, einen Hund *und* ein Kind in seinem Haus? In welchem Paralleluniversum war er hier gelandet?

„Oh, verdammt“, murmelte sie.

KLAPPENTEXT

Carolyn Evert konnte den Stress und die ständigen Sorgen, die damit einhergingen, einen Navy SEAL als Verlobten zu haben, nicht ertragen, also trennte sie sich von ihm … und stellte dann fest, dass sie schwanger war. Nachdem ihre wiederholten Versuche, Zach über die Schwangerschaft zu informieren, auf Funkstille trafen, hat Carolyn mit ihrem Leben weitergemacht. Der kleine Austin ist glücklich und gesund. Obwohl sie die Vorstellung, dass er ohne Vater aufwächst, hasst, ist sie entschlossen, das Juweliergeschäft, das ihre Mutter gegründet hat, zu schützen und sicherzustellen, dass Austin sich nie unerwünscht fühlt. Aber alles ändert sich, als der Laden mit Waffengewalt ausgeraubt wird. Carolyn überlistet den Räuber und beendet die Geiselnahme – nur um festzustellen, dass Zach Teil des Rettungsteams ist. Zach macht ihr schnell klar, dass er keine Ahnung von der Schwangerschaft hatte, und Carolyn willigt schließlich ein, ihn in das Leben ihres Sohnes zu lassen. Sie zögert allerdings, als es darum geht, Zach zurück in ihr Herz zu lassen.

Zach Vale lässt sich durch nichts davon abhalten, der beste Vater zu sein, der er sein kann. Wenn Carolyn nichts mit ihm zu tun haben will, wird er damit leben. Aber er kann nicht anders, als über sie und ihren Sohn zu wachen. Bald wird klar, dass der Raub kein Zufall war und mehr als Carolyns Geschäft in Gefahr ist, besonders als sie darauf besteht, den Raub selbst zu untersuchen. Während sie daran arbeitet, das Rätsel zu lösen, wer hinter den bösartigen Angriffen steckt, bemüht sich Zach, Teil ihres Lebens zu werden *und* sie zu beschützen. Schließlich ist er immer noch in Carolyn verliebt und wenn er es schafft, ihr Held zu sein, kann er sie vielleicht davon überzeugen, ihm noch eine Chance zu geben.

Hier geht es zum
Der Überraschungssohn des SEALs.

~

EXKLUSIVE AUSZUG

Kapitel Eins

„Ich habe gerade einen Verlobungsring verkauft." Jenna steckte den Kopf in das Büro von *All That Sparkles.*

Carolyn Evert blickte von der Tabellenkalkulation auf, die sie betrachtete. „Welchen?“

„Den einkarätigen herzförmigen Diamanten, eingefasst in Platin.“ Dem Lächeln auf Jennas Gesicht nach zu urteilen, war sie mit sich zufrieden – und das konnte sie auch sein. Sowohl ihre Provision als auch der Profit des Geschäfts würden sehr ansehnlich sein.

„Ich liebe diesen Ring.“ Carolyn seufzte. „Er ist so romantisch.“

Der Ring wurde erst ausgestellt, seit der Laden vor einer Woche wiedereröffnet worden war. Nach dem Abschluss des Umbaus waren die neutralen Cremefarben verschwunden. An ihrer Stelle hatte sich Carolyn für hellgraue Wände, Vitrinen aus Glas und Chrom, moderne Einbauleuchten und ein strahlendes Blau als Akzent entschieden. Der Laden funkelte jetzt tatsächlich, genauso wie es sein Name versprach.

„Das Paar hat ihn sich gestern angesehen“, sagte Jenna mit einem wissenden Grinsen. „Ich war sicher, dass die beiden zurückkommen würden.“

„Sie schaffen es immer, die Kunden zu begeistern. Herzlichen Glückwunsch.“

„Soll ich damit beginnen, den Laden zuzumachen?“, fragte Jenna.

Carolyn sah auf die Uhr. Zehn Minuten bis Ladenschluss. „Sicher. Das wäre großartig. Ich möchte heute Abend pünktlich hier weg.“

„Verstanden.“ Ihre erfahrenste Verkäuferin eilte zur Tür hinaus.

Der Gedanke daran, wie sich der Verkauf des Rings auf den Monatsumsatz auswirken würde, zauberte ein Lächeln auf Carolyns Gesicht, als sie zu der Tabellenkalkulation zurückkehrte. Ihre monatlichen Ausgaben für *All That Sparkles* waren jetzt aufgrund eines Darlehens für den Umbau und gestiegener Sicherheitskosten erheblich höher.

Sie war in Bezug auf die Kosten anderer Meinung als ihre Mutter gewesen. Und vielleicht war sie wirklich ein Risiko eingegangen, aber sie hing der Theorie an, dass man Geld ausgeben musste, um es zu verdienen. Die Innenausstattung eines Juweliergeschäfts spiegelte seinen Ruf und seine Waren wider. Ihre Mutter hatte schließlich nachgegeben, da sie den Laden Carolyn anvertraut hatte, die nun die Zügel in der Hand hielt.

Carolyn schuldete ihrer Mutter so viel. Faith hatte den Laden gegründet, nachdem Carolyns Vater die Familie verlassen hatte. Ihre harte Arbeit hatte das Geschäft in Sheridan Falls etabliert. Carolyn hatte Ehrfurcht vor ihrer Mutter, die alles im Alleingang geschafft und zwei Töchter großgezogen hatte, und spürte den Druck, ihren Standards gerecht zu werden, da sie als alleinerziehende Mutter und Geschäftsinhaberin mit einer ähnlichen Lebenssituation konfrontiert war. Ihre besten Bemühungen reichten möglicherweise nicht aus – nicht einmal mit der Unterstützung engagierter Mitarbeiter. Aber ihre Selbstzweifel hatten sie nicht daran gehindert, mit *All That Sparkles* ein Wagnis einzugehen.

Sie hörte das Klicken des Alarms, das bedeutete, dass jemand in den Bürobereich des Ladens gelassen wurde. Das hochmoderne Sicherheitssystem war ein wesentlicher Bestandteil ihrer Sanierung gewesen. Es machte ihre Versicherungsgesellschaft glücklich und gab ihr die Gewissheit, dass sie hochwertige Waren wie den Verlobungsring, dessen Verkauf Jenna feierte, im Sortiment haben konnten. Es hatte sich gelohnt, dachte sie, obwohl sie jedes Mal das Gesicht verzog, wenn ihr Blick auf die Ausgabenseite ihrer Bilanz fiel.

„Mama", rief die Stimme ihres Sohnes und brachte sofort ein Lächeln auf ihr Gesicht. Eine Sekunde später betrat ihre Babysitterin mit Austin auf der Hüfte das Büro und der Junge wand sich, um herunter zu kommen.

„Hi, Baby." Carolyn nahm ihren vierzehn Monate alten Sohn, drückte ihn fest an sich und presste ihr Gesicht in sein dichtes, dunkles Haar, das dem seines Vaters so ähnlich war. Dank seiner tiefblauen Augen konnte niemand bezweifeln, wer sein Vater war – nicht, dass es Zach Vale zu kümmern schien. Sie unterdrückte einen Seufzer. Schweigen war ihren Briefen und Mitteilungen an ihren Ex-Verlobten entgegengeschlagen, als sie ihm mitgeteilt hatte, dass sie schwanger war. Nachdem Carolyn ihn ein letztes Mal über Austins gesunde Ankunft auf der Welt informiert hatte, hatte sie aufgehört, sich mit Zach in Verbindung zu setzen, der gerade mit seinem SEAL-Team auf einer Mission war. Sie konnte es nicht ändern, also konzentrierte sie sich auf ihren Sohn. „Hattest du heute Spaß?"

Austin grinste sie an, zeigte ihr einen Spielzeugtraktor, den er in der Hand hielt, und ließ ihn an ihrem Arm hochfahren.

„Er hat sich schon den ganzen Tag darauf gefreut, hierher zu kommen", sagte Nina und ließ die Tasche mit den Babysachen auf einen Stuhl fallen. „Er liebt es, hier zu sein, und er liebt seine Mama."

„Danke, dass Sie ihn zu mir gebracht haben." Carolyn gab ihrem Sohn einen Kuss, bevor sie ihn zum Spielen auf den Teppich setzte. Sie hatte sich schuldig gefühlt wegen ihrer langen Arbeitszeiten, während das Geschäft renoviert wurde, obwohl sie sich geschworen hatte, ihm niemals den Eindruck zu geben, von einem Elternteil verlassen worden zu sein. Nichts, was sie jemals getan hatte, um die Aufmerksamkeit ihres Vaters zu erlangen, war genug gewesen. Sie hatte jahrelang verzweifelt versucht, die beste Schülerin und beste Sportlerin zu sein, in der Hoffnung, dass er es bemerken würde. Sie hatte ihre Mutter sogar um Kampfsportunterricht gebeten, weil ihr Vater erwähnt hatte, dass er Kampfsport mochte. Sie nahm jahrelang Unterricht, verbesserte ihre Fähigkeiten und stieg in höhere Wettkampfklassen auf. Ihr Vater war trotzdem nie gekommen, um ihr dabei zuzusehen, wie sie ihre Fähigkeiten unter Beweis stellte. Nichts hatte jemals funktioniert, wenn es darum ging, seine Aufmerksamkeit zu bekommen.

Sie würde niemals zulassen, dass ihr Sohn sich so fühlte, wie sie es getan hatte, auch wenn das irgendwann schwierig werden würde. Sie wusste, dass Austin irgendwann nach seinem Vater fragen würde. Das taten alle Kinder. Was auch immer sie ihm dann sagte – sie würde darauf achten, niemals den Anschein zu erwecken, dass er unerwünscht war.

„Kein Problem", sagte Nina. „Ich liebe den neuen Look des Ladens. Das Blau lässt den Schmuck noch besser wirken. Auf dem Weg hierher sind wir bei *Castle Jewels* vorbeigekommen."

„Oh?" Carolyns Hauptkonkurrent hatte kürzlich ebenfalls renoviert. „Ist es gut geworden?"

„Es sieht edel aus. Viele goldene Akzente. Aber auch irgendwie elitär. Ich hatte nicht das Gefühl, dass ich hineingehen und mich umsehen könnte." Nina rümpfte die Nase. „Ich denke, Sie haben die bessere Wahl getroffen."

Sie beobachtete Austin, der mit dem Traktor spielte, über das Muster des Teppichs fuhr und alberne Grimassen und Geräusche machte. Er war seinem Vater so ähnlich, der, obwohl er ein SEAL war, auch die alberne Seite des Lebens geliebt hatte. Es war ihre Entscheidung gewesen, ihre Beziehung zu beenden, aber sie konnte nicht anders, als Zach zu vermissen. An ihm hatte es so viel Liebenswertes gegeben.

„Ich muss los", sagte Nina. „Meine Jungs haben heute Abend ein Baseballspiel."

„Ich lasse Sie durch die Sicherheitstür nach draußen." Carolyn hob Austin hoch und ging der Babysitterin voran in den Ausstellungsraum.

Gerade als sie ihn erreichten, flog die Vordertür auf und knallte gegen die Wand, bevor ein Mann mit einer Waffe in der Hand hereinstürmte. Carolyn erstarrte und hoffte, dass es nicht das war, wonach es aussah.

„Das ist ein Raubüberfall“, schrie er und schwang seine Waffe in einem Bogen, der den ganzen Laden umfasste. „Hände hoch, sodass ich sie sehen kann.“

Carolyn holte scharf Luft und kämpfte gegen die Panik an, die sie verspürte. Wenn der Räuber fünf Sekunden früher hereingekommen wäre, hätte sie ihren Sohn und Nina im Büro in Sicherheit bringen können, aber hier waren sie ungeschützt. Sie drückte den winzigen Knopf an dem Schlüssel, den sie immer bei sich trug, und löste einen stillen Alarm aus, der die Polizei und ihre Sicherheitsfirma kontaktierte. Er gab ihnen auch einen Audio- und Video-Feed, damit sie die Vorgänge live beobachten konnten.

„Alle auf den Boden“, befahl der Räuber. „Außer Ihnen.“ Er zeigte auf Jenna, die hinter einer Vitrine mit ihren teuersten Stücken stand.

Carolyn bedeutete allen, sich zu fügen. Es schien am sichersten, ihm zu gehorchen, während sie auf Hilfe warteten. Auf dem Weg nach unten griff sie nach Lärmschutzkopfhörern, die vom Umbau übrig waren, und setzte sie Austin auf. Vielleicht würde ihr Sohn keine Angst haben, wenn er nicht hören konnte, wie sich das Drama vor ihnen entfaltete. Sie lächelte ihn an und tat so, als würden sie ein Spiel spielen, während sie die Angst versteckte, die durch sie raste.

Der Räuber, der sich darauf konzentrierte, Jenna anzuschreien, die Tabletts mit Diamanten und Saphiren in eine Tasche werfen musste, bemerkte nicht, was Carolyn tat oder dass sie und Nina versuchten, Austin mit ihren Körpern abzuschirmen. Wenn der Mann näherkam, würde er den Jungen sehen, aber sie würde alles tun, um ihn zu beschützen.

Sie sah sich schnell um. Ihre anderen Verkäuferinnen lagen auf dem Boden, so wie es der Räuber befohlen hatte. Sie hatten eine Schulung für dieses Szenario absolviert, aber solche Situationen konnten sehr schnell schiefgehen. *Bitte lass ihn nehmen, was er will, und wieder verschwinden*, betete sie. Sie zuckte zusammen, als Glas zersplitterte.

Er hatte eine Vitrine mit Smaragden zerschmettert und forderte Jenna auf, die Edelsteine herauszusuchen. Jenna arbeitete schnell und füllte die Tasche, die der Räuber in der Hand hielt.

„Legen Sie sich jetzt auch auf den Boden“, sagte er zu Jenna, „und der Rest von Ihnen bleibt unten.“ Er ging zur Tür. Es würde rascher vorbei sein als erwartet. Noch ein paar Sekunden und er wäre weg.

Carolyn spannte sich an, als der Räuber die schwere Glastür aufschwang und von der Stelle aus, wo sie lag, ein Abschnitt der Straße sichtbar wurde, die von Streifenwagen blockiert wurde. Sie waren lautlos angekommen, wie es das Protokoll vorsah, aber sie konnte die Panik des Mannes bei ihrem Anblick sehen. Sein Fluchtweg war abgeschnitten.

Er drehte seinen Kopf wie ein Tier, das unerwartet zur Beute einer größeren Bestie geworden war, bevor er zurücktrat, die Tür zuschlug und sie verriegelte. Sie waren mit einem bewaffneten Räuber im Laden gefangen. Die Waffe, die er trug, zielte auf sie alle, und Angst schoss durch ihr Herz.

Zach Vale befestigte das Zielfernrohr an seinem Scharfschützengewehr, nachdem er im zweiten Stock eines Gebäudes gegenüber von *All That Sparkles* Stellung bezogen hatte. Die Situation würde die ruhige Fassade herausfordern, die er sich als Scharfschütze in seinem SEAL-Team zugelegt hatte. Er erinnerte sich daran, dass es ein Auftrag wie jeder andere war. Er wollte nicht versagen und er wollte seinem neuen Chef ganz sicher nicht sagen, dass das Geschäft, das er durch sein Zielfernrohr beobachtete, seiner ehemaligen Verlobten gehörte. Dies würde nur dazu führen, dass er sofort durch einen anderen Scharfschützen ersetzt wurde – und er würde auf keinen Fall zulassen, dass jemand anderer seinen Platz bei dieser Mission einnahm. Carolyn hatte ihn vielleicht aus ihrem Leben geworfen, aber er würde alles tun, um sie zu beschützen.

Er wertete seine Sichtlinie in den Laden aus. Wenn sich die Zielperson im vorderen Schaufenster zeigte, wäre es ein Leichtes, sie ins Visier zu nehmen. Zach benutzte das Zielfernrohr und hoffte, den Räuber zu sehen. Nichts.

Er wusste nicht, ob Carolyn da drin war. Die Wahrscheinlichkeit war hoch – all seine Erfahrungen mit ihr sagten ihm das. Sie war stolz darauf, hart zu arbeiten. Es war unwahrscheinlich, dass dies in den zwei Jahren, seit sie ihre Verlobung beendet hatte, anders geworden war.

Er konnte es kaum ertragen, an jene Nacht zu denken. Er hatte keine Vorwarnung erhalten. Sie hatte ihm einfach gesagt, dass es vorbei war, weil sie es nicht länger ertragen konnte, dass seine Arbeit als SEAL ihm wichtiger war als sie. Er war nie ein großer Redner gewesen und ihre Erklärung hatte ihn sprachlos zurückgelassen. Er hatte gedacht, dass das, was sie hatten, etwas Besonderes war, die Art von Liebe, die jedem Sturm standhalten konnte. Wie sehr er sich geirrt hatte, machte ihn immer noch fassungslos. Er hätte wissen müssen, dass diese Art von Liebe nicht wirklich existierte.

Dass Carolyn seinen Job in der Navy nicht respektierte – obwohl er davon überzeugt war, dass er ihn vor einem Leben als Krimineller bewahrt hatte –, hatte ihm einen tiefen Stich versetzt und er war machtlos gewesen, ihrer Ablehnung etwas entgegenzusetzen. Er hatte geglaubt, sie würde ihn gut genug kennen, um zu verstehen, dass sein Job als Scharfschütze für ihn so natürlich wie das Atmen war. Wie konnte sie nicht sehen, dass ein Ultimatum zu seinem Beruf so war, als würde sie seine Lunge von ihm fordern?

„Vale, haben Sie eine gute Position?“ Die scharfe Stimme seines befehlshabenden Offiziers drang durch seinen Ohrhörer.

„Ja. Das vordere Schaufenster ist in Reichweite. Ich kann ihn ausschalten, wenn er sich zeigt."

„Bleiben Sie in Bereitschaft. Lassen Sie den Unterhändler seinen Job machen, aber werden Sie nicht unachtsam."

Als ob Zach das in irgendeiner Situation wäre, geschweige denn, wenn die Frau, die er einst geliebt hatte, vermutlich nur wenige Meter von einem bewaffneten Räuber entfernt war. Er verdrängte die Erinnerung an Carolyn und ihre zerbrochene Verlobung. Er hatte einen Auftrag zu erledigen. Er konzentrierte sich erneut und suchte tief in sich nach der Ruhe, die nötig war, um den Abzug zu drücken. Die Stimmen, die er über sein Funkgerät hörte, sagten ihm, dass die Verhandlungen nicht gut liefen. Der Räuber wollte nicht mit dem Unterhändler der Polizei telefonieren, wie es in solchen Situationen üblich war.

Zach wollte nicht darüber nachdenken, wie verzweifelt ein Mann sein musste, um ein einfaches Gespräch abzulehnen, selbst wenn es darum ging, dem Unterhändler zu sagen, er solle zur Hölle fahren. Er wünschte, er hätte den Video- und Audio-Feed, der seinem Kommandanten zur Verfügung stand. Dann hätte er sicher sein können, wo Carolyn war. Aber alles, was er hatte, waren seine Augen, die auf ein glänzendes Schaufenster gerichtet waren. Er hatte diese Position gewählt, weil die Blendung minimal war, aber sie wäre dennoch ein Faktor, wenn es darum ging, die Zielperson zu eliminieren.

„Im Schaufenster", hörte Zach über das Funkgerät, aber er hatte durch sein Zielfernrohr bereits visuellen Kontakt hergestellt. Die Schulter des Räubers kam in Sicht: graues T-Shirt, nichts Besonderes, aber er schien etwas hinter sich her zu zerren. Zach erhöhte den Druck auf den Abzug und wartete darauf, dass mehr von der Zielperson zu sehen war. Er hatte freie Schussbahn, bis eine blonde Frau vor dem Mann auftauchte. Seine Hände packten ihre Arme, drückten sich in ihre Haut und hielten sie vor ihm fest.

Sie presste ein Kind an ihre Brust und hatte ihre Hand um seinen Kopf gelegt. Der Junge war kaum älter als ein Baby und trug rote Kopfhörer. Zach verfluchte den Räuber in Gedanken, weil er sich hinter einer Frau und einem Kind versteckt hatte.

Obwohl er bereits wusste, was er sehen würde, fokussierte Zach das Zielfernrohr auf das Gesicht der Frau, um ihre Identität zu bestätigen. Carolyn. Ihre braunen Augen waren vor Angst geweitet und es gab keine Anzeichen für die Grübchen, die er immer so sehr geliebt hatte. Er nahm den Finger vom Abzug, als sein Atem in seiner Brust stockte. Er würde niemals versuchen, unter solchen Umständen zu schießen.

„Menschlicher Schild“, sagte er in sein Mikrofon. „Kein klares Ziel.“

Hier geht es zum
Der Überraschungssohn des SEALs.

www.ingramcontent.com/pod-product-compliance
Lightning Source LLC
LaVergne TN
LVHW050540160826
845677LV00011B/2106

* 9 7 9 8 2 3 0 9 5 0 0 6 6 *